Die drei ???®

Die

Die drei ???®

Die sieben Tore

Erzählt von André Marx

KOSMOS
bei CARLSEN

Unter anderem in der Reihe Die drei ???® im Carlsen Verlag lieferbar:

Die drei ??? – Der namenlose Gegner
Die drei ??? – Die Höhle des Grauens
Die drei ??? – Doppelte Täuschung
Die drei ??? – GPS-Gangster
Die drei ??? – Grusel auf Campbell Castle
Die drei ??? – Im Schatten des Giganten
Die drei ??? – Im Zeichen der Schlangen
Die drei ??? – Nacht der Tiger
Die drei ??? – Pfad der Angst
Die drei ??? – Pistenteufel
Die drei ??? und das Aztekenschwert
Die drei ??? und der Feuergeist/Nacht in Angst
Die drei ??? und der Meister des Todes
Die drei ??? und der Tanzende Teufel
Die drei ??? und die Fußball-Falle
Die drei ??? und die gefährlichen Fässer
Die drei ??? – Schuber (4 Bände)

MIX
Papier aus verantwortungsvollen Quellen
FSC® C083411
FSC www.fsc.org

Veröffentlicht im Carlsen Verlag
November 2015
Mit freundlicher Genehmigung des Franckh-Kosmos Verlages
und der Universität von Michigan

Based on characters by Robert Arthur
Umschlagbild: Helge Vogt
Umschlaggestaltung: formlabor
Corporate Design Taschenbuch: bell étage
Gesetzt aus der Bembo von Dörlemann Satz, Lemförde
Druck und Bindung: CPI books GmbH, Leck
ISBN 978-3-551-31446-8
Printed in Germany

Die drei ???®

Die sieben Tore

Das erste Tor

Das schmiedeeiserne Tor war rostig und halb von Kletterpflanzen und anderem Gestrüpp überwuchert, das die Sicht durch die verschlungenen Gitterstäbe verwehrte. So weit das Auge reichte, grenzte der Eisenzaun die lehmige Straße vom dahinter liegenden Grundstück ab. Regenschwere Wolken zogen über den Himmel und fraßen das Licht der untergehenden Sonne. Bald würde es ganz dunkel sein.
Justus schluckte schwer und stieg aus dem Taxi. Ratlos blieb er vor dem Tor stehen und spähte durch das zugewachsene Gitter.
»Ganz schön düster, was?«, fragte der Fahrer durchs heruntergekurbelte Fenster. »Wohnt da überhaupt jemand?«
»Ich nehme es an.«
»Soll ich vielleicht hier auf dich warten, Junge?«
»Nicht nötig, danke sehr«, beteuerte Justus, ohne sich zu ihm umzudrehen. Noch immer war sein Blick auf das Tor gerichtet. Dahinter lag unbekanntes Terrain.
Der Taxifahrer räusperte sich.
»Es ist wirklich nett von Ihnen, aber ich komme schon zurecht.«
»Mag ja sein. Hätte trotzdem gern mein Geld.«
Justus zuckte zusammen. »Natürlich. Entschuldigen Sie.« Er kramte ein paar Dollar hervor und reichte sie dem Mann. Der nickte, kurbelte das Fenster wieder hoch und wendete den

Wagen auf dem schmalen Weg. Dann gab er Gas. Justus sah dem Taxi nach, bis die roten Rücklichter hinter einer Hügelkuppe verschwanden. Er wartete, bis auch das Brummen des Motors verklungen war. Jetzt gab es nur noch das Geräusch des Windes in den wenigen Bäumen, die auf dem Hügel standen, und das Meeresrauschen irgendwo vor ihm. Sonst war es still.

Justus atmete tief durch, griff nach seiner kleinen Tasche auf dem Boden und trat näher an das Eisentor heran. Er suchte nach einer Klingel. Es gab keine. Vielleicht war nicht abgeschlossen? Er wollte gerade nach dem Knauf greifen, als das Schloss mit einem elektronischen Summen aufschnappte.

Erschrocken zuckte Justus zurück. »Danke schön«, murmelte er verwundert und drückte den quietschenden Torflügel auf.

Kaum war er hindurchgetreten, krachte er hinter ihm zu. Justus zwang sich, sich nicht umzudrehen. Offenbar wurde er beobachtet, wie sonst hätte jemand im richtigen Moment den Türöffner betätigen können, und Justus wollte weder Angst noch Schwäche zeigen.

Hundert Meter entfernt, auf dem Gipfel des Berges und am Rande eines steil abfallenden Küstenstreifens, stand eine Burg. Zumindest sein Freund Peter hätte das Gebäude so bezeichnet. Dunkel und trutzig wie eine Festung streckten die efeubewachsenen Mauern kleine Zinnen in den Himmel. Bedrohlich aussehende Wasserspeier hockten wie steinerne Wächter überall im Gemäuer. Die erstarrten Fratzen grinsten ihn aus Nischen und von kleinen Turmspitzen herab an. Hinter keinem der winzigen Fenster brannte Licht, doch Justus war si-

cher, dass hinter mindestens einer der Scheiben ein neugieriges Augenpaar aufmerksam jeden seiner Schritte verfolgte.
Ein schmaler Pfad schlängelte sich über die wild bewachsene Wiese, auf der sich ein paar armselige Bäumchen vor dem Wind duckten. Direkt hinter der Burg lag das Meer. Bestimmt war es hier oft stürmisch.
Justus ging auf das Gebäude zu. Die Frontseite wurde von einem Tor aus schwarzem, rissigem Holz dominiert. Im Vergleich zur gesamten Burg war das Tor geradezu lächerlich riesig. Ein Monstertruck hätte locker hindurchgepasst. Vielleicht sogar zwei nebeneinander. Der Bogen wölbte sich so hoch, dass er fast die unteren Zinnen berührte. Damit bestand die Vorderfront fast nur aus den zwei gigantischen eisenbeschlagenen Flügeln. Darüber breitete eine bizarre Gestalt aus Stein ihre Arme aus, als wollte sie jeden Besucher willkommen heißen – oder aber gefangen nehmen. Das Gesicht der Figur war von einem irre lachenden Mund verzerrt, die Augen waren weit aufgerissen, doch sie blickten über die eigene Schulter hinweg nach hinten, als hätte das Wesen etwas auf dem Dach entdeckt oder könnte durch das Dach hindurch in das Haus sehen. Es war irgendwie gespenstisch.
Schließlich war das Gebäude nur noch zehn Meter entfernt und Justus musste den Kopf in den Nacken legen, um einen Blick über die Zinnen und die ausgebreiteten Arme des verrückten Wasserspeiers hinweg in den dunklen Himmel zu werfen. Und auf die Fenster, die, wie er nun sah, allesamt verhängt waren. Keiner der Vorhänge bewegte sich. Beherzt trat er die letzten Schritte auf das riesige Tor zu. Da erst entdeckte

er eine kleine, unscheinbare Tür im rechten Flügel. Dies war wohl der eigentliche Ein- und Ausgang.

Bis hierher hatte er alle finsteren Gedanken erfolgreich verdrängen können. Doch jetzt, so kurz vor dem Ziel, bekam er Angst. Vielleicht war es doch keine so gute Idee gewesen, alleine herzukommen. Er hätte zu Hause in Rocky Beach bleiben oder wenigstens Bob und Peter mitnehmen sollen. Aber nun hatte er keine Wahl mehr. Man wusste bereits, dass er hier war. Und Hals über Kopf zu fliehen – das widersprach jeder Detektivehre und kam überhaupt nicht in Frage.

Es gab keine Klingel. Justus hob die Hand, um zu klopfen, doch in diesem Moment schwang die Tür völlig lautlos auf. Dahinter war es dunkel. Justus' Herzschlag beschleunigte sich schmerzhaft. Für einen Augenblick sah es so aus, als hätte sich die Tür tatsächlich von selbst geöffnet, doch dann trat jemand aus dem Schatten hervor. Ein Mann im schwarzen Anzug, klein, aber kräftig und mit schütterem Haar. Er sah Justus ausdruckslos an und machte eine einladende Geste. Justus wollte gerade etwas sagen, doch da wich der Mann auch schon zurück in die Dunkelheit. Zögernd trat Justus durch die Tür.

Die Eingangshalle war kleiner, als Justus erwartet hatte. Viel konnte er im fahlen Licht nicht erkennen. Der Mann, der ihm geöffnet hatte, stand neben ihm und schloss die schwere Tür. Schlagartig wurde es noch finsterer. Das einzige Licht fiel nun durch die schmalen Fenster, fast eher Schießscharten, die links und rechts des Tores und irgendwo hoch über ihnen das Mauerwerk durchbrachen. Justus blickte nach oben und sog überrascht die Luft ein. Der Saal war nicht groß, doch seine Wände ragten so weit in die Höhe, dass die Decke im dämmrigen Licht kaum noch zu erkennen war. Über allen Türen und Fenstern wölbte sich das Mauerwerk zu weiteren bizarren Figuren: Teufelsfratzen, geflügelte Dämonen, irrsinnig grinsende Gestalten mit steinernen Fackeln oder Schwertern in den Händen. Doch von diesen Geschöpfen abgesehen waren die Wände, ja der gesamte Raum, völlig kahl. Kein einziges Bild hing hier, keine Lampe, nichts. Es gab auch keine Möbel, nur einen schweren roten Teppich auf dem Boden. Die Halle wirkte, als sei sie eine Kulisse für einen Ritterfilm, in der noch die Requisiten fehlten.

»Das ist beeindruckend«, flüsterte Justus. Dann fiel ihm auf, dass er noch immer kein Wort mit dem Mann gesprochen hatte. Justus räusperte sich verlegen. »Verzeihung, mein Name ist Justus Jonas. Sind Sie –«

Sein Gegenüber wandte sich um und ging auf die Treppe zu.

Verdutzt blickte Justus ihm nach. Dieser Kerl hatte überhaupt nicht auf ihn reagiert! Was sollte er jetzt tun? Hier stehen bleiben und auf ein Wunder warten? »He!«, rief Justus empört.

Abrupt drehte sich der Mann um. Zum ersten Mal war eine Gefühlsregung in seinem Gesicht zu lesen: Wut. Er hob einen Zeigefinger an die Lippen und bedeutete Justus, ihm zu folgen.

Obwohl Justus das alles überhaupt nicht geheuer war, durchquerte er die Eingangshalle. Der schwere Teppich schluckte jeden Schritt. Sie betraten die lange, schmale Treppe, die an der Wand entlang auf eine Galerie führte. Sie war ebenfalls mit rotem Teppich ausgelegt und genauso kalt und schmucklos. Die einzige Lichtquelle war eine trostlose Funzel von

einer Glühlampe, die nackt von der Decke baumelte. Sie bogen in einen Gang, von dem mehrere geschlossene Türen abzweigten. Nur die letzte stand offen. Zielstrebig gingen sie darauf zu. Justus fühlte sich unwohl. Am liebsten hätte er auf der Stelle kehrtgemacht und das Haus verlassen. Doch er ging weiter bis zu der offenen Tür, wo der Mann Justus an sich vorbeiließ – und beiseitetrat.
Er sollte den Raum betreten. Offenbar hatte er es bis jetzt nicht mit dem Hausherrn selbst, sondern mit einem Bediensteten zu tun gehabt. Zögernd ging Justus hinein.
Der Raum hatte Fenster, immerhin, doch es drang nur wenig Licht durch die schweren Vorhänge. Es gab einen Schreibtisch und eine Sitzgruppe in der Ecke. Auf einem Tisch an der Wand stand ein großer, gläserner Kasten. Mehr konnte Justus nicht erkennen. Er ging auf den Kasten zu. Es war ein Terrarium. Aus dem Sand, der den Boden bedeckte, ragte ein trockener, knorriger Ast, in einer Ecke stand eine Schüssel mit Wasser. Daneben, zusammengerollt und wie zu Stein erstarrt, lag eine graubraune Schlange. Sie blickte ins Leere. Hätte sie nicht hin und wieder ihre gespaltene Zunge hervorschnellen lassen, hätte Justus nicht mit Sicherheit sagen können, ob sie lebendig war oder nicht. Neben dem Terrarium stand eine kleine Pappschachtel, aus der ein leises Fiepen drang.
Plötzlich hörte er ein weiteres Geräusch, das Rascheln von Kleidung, direkt hinter sich. Justus drehte sich um und kniff die Augen zusammen. Da saß jemand in einem der Sessel aus dickem, dunklem Leder. Justus konnte nur die vage Kontur des Mannes erkennen. Er musste schon die ganze Zeit hier

gesessen und ihn beobachtet haben. Der Fremde starrte ihn an.

Justus schnürte es die Kehle zu. Es war keine gute Idee gewesen, hierherzukommen. Ganz und gar nicht. Doch bevor er etwas sagen oder einfach verschwinden konnte, sprach der Mann im Sessel mit schnarrender, fast flüsternder Stimme:

»Willkommen, Justus Jonas!«

Der Vogelmann

Justus lief ein Schauer über den Rücken. Obwohl der Mann leise gesprochen hatte, ging Justus seine Stimme durch Mark und Bein. »Danke«, antwortete er tonlos. Er räusperte sich und wiederholte etwas lauter: »Danke sehr.«

Für einen Moment herrschte ein unangenehmes Schweigen. Justus versuchte, die Dunkelheit mit Blicken zu durchdringen und den Mann im Sessel zu erkennen, doch er blieb ein schwarzer Schatten.

»Du bist also der Anführer der drei Detektive aus Rocky Beach?« Zweifel und ein Hauch von Ärger lagen in der flüsternden Stimme.

Justus nickte und zückte schnell seine Brieftasche, in der er seine Visitenkarten aufbewahrte. Eine davon reichte er dem Mann im Sessel. Das gab ihm die Möglichkeit, näher heranzutreten. Das Gesicht des Fremden blieb im Dunkeln. Nur ein dünner, knochiger Arm löste sich aus dem Schatten. Die gekrümmten Finger griffen nach der Karte, auf der stand:

Der Mann nickte und ließ die Karte in der Brusttasche seines Jacketts verschwinden.

»Und Sie sind Mr Carter, nehme ich an.«

Wieder ein Nicken. Dann stemmte sich sein Gegenüber leise stöhnend aus dem schweren Sessel, trat ins Licht und reichte Justus die Hand. »Casper Carter.« Justus musste sich bemühen, seinen Schrecken zu verbergen. Er hatte Mr Carter, obwohl dieser leise gesprochen hatte, aufgrund seiner Stimme auf Mitte dreißig geschätzt. Doch das Gesicht, auf das der schmale Streifen Licht aus dem Flur fiel, war grau und eingefallen, die Haut dünn, fast durchscheinend und zerknittert wie bei einem Greis. Eine scharfe Nase stach aus dem Gesicht hervor, die Mr Carter einen vogelhaften Ausdruck verlieh. Justus musste unwillkürlich an einen alten, zerrupften Aasgeier denken. Einzig Carters Augen waren jung und wach. Justus ergriff seine Hand. Sie war eiskalt. »Sehr erfreut«, log er.

Mr Carter bedachte ihn mit einem langen, zweifelnden Blick, dann ließ er seine Hand los, wandte sich um und trat gebeugt und leicht hinkend auf das Terrarium zu. Sein schwarzer Anzug schlabberte an seinem viel zu dünnen Körper. Justus, der nicht wusste, was er tun sollte, blieb einfach stehen und hörte Carter zu.

»Ich hatte angenommen, du seiest älter«, sagte dieser schließlich kalt.

Aha. Daher wehte also der Wind. Justus kannte die Leier bereits. »Nun, das glauben viele. Ich kann Ihnen jedoch versichern, dass Intelligenz und Spürsinn kaum etwas mit dem Alter zu tun haben.«

Mr Carter schnaubte verächtlich. »Wenn man eine gewisse Reife erreicht hat, gewiss nicht. Aber du bist ja noch ein Kind!«

Justus räusperte sich. »Ich bevorzuge den Terminus Jugendlicher.«

»Und ein altkluges Kind noch dazu!«

»Sir, ich dachte, Sie hätten sich bei mir gemeldet, da Sie von dem guten Ruf unseres Detektivunternehmens gehört haben.«

»Das ist richtig. Man bekommt die unglaublichsten Geschichten über die drei Detektive aus Rocky Beach zu hören.« Carter beobachtete aufmerksam die immer noch bewegungslose Schlange. »Aber jetzt frage ich mich, wie viel von dem, was die Zeitungen über euch berichten, wahr sein kann.«

»Das meiste, denke ich, Sir.«

»Dann seid ihr tatsächlich schon dreimal mit dem berüchtigten und seit Jahren gesuchten Meisterdieb Victor Hugenay zusammengetroffen?«

»Nun, um genau zu sein, waren es vier Male.«

»Und ihr wart der Auslöser für den Atomskandal, in den die Regierung im letzten Sommer verstrickt war?«
»Ja.«
»Pah!« Carter drehte sich abrupt um und maß Justus mit abschätzigen Blicken.
»Unmöglich! Da war der journalistische Hunger nach einer guten Story wohl größer als das, was die Realität hergab.«
Langsam wurde Justus wütend. »Sir! Wenn ich Sie daran erinnern darf, haben Sie mich angerufen und zu sich gebeten. Ich bin den weiten Weg von Rocky Beach nach Salem mit dem Bus gefahren und habe den Rest des Weges mit dem Taxi zurückgelegt, um mir anzuhören, wobei wir Ihnen helfen können. Aber nicht, um mich beleidigen zu lassen.«
Casper Carter schüttelte den Kopf und begann, durch den kahlen Raum zu wandern. »Du magst ein aufgeweckter Bursche sein, Justus Jonas, und bestimmt gehörst du zu den Besten in deiner Schule.«
»Ich bin der Beste«, gab Justus ungerührt zurück.
»Und der Selbstbewussteste. Ich weiß das durchaus zu schätzen. Doch ich bin mir ziemlich sicher, dass das hier nichts für dich ist.«
»Was ist nichts für mich?«
»Ich kann mir nicht vorstellen, dass du in der Lage bist, das Rätsel, das mich beschäftigt, zu lösen.«
»Das käme auf einen Versuch an«, antwortete Justus. »Ich muss jedoch hinzufügen, dass ich es gewohnt bin, im Team zu arbeiten. Normalerweise sind meine beiden Kollegen bei den Ermittlungen immer dabei. Ich kann daher nicht für einen Erfolg garantieren.«

»Da wären also schon die ersten Einschränkungen«, sagte Carter und lächelte böse. »Es ist wohl wirklich besser, wenn du wieder nach Hause fährst, Justus Jonas. Es tut mir Leid, dass ich deine Zeit gestohlen habe. Es war mein Fehler. Ich hätte mich besser über euch informieren sollen. Für die Fahrt hierher und deine Mühen werde ich dich selbstverständlich entlohnen.«

Justus schüttelte den Kopf. »Verzeihen Sie, aber ich kann nicht mehr zurückfahren.«

»Wie bitte?«

»Nicht heute. Mit dem Taxi komme ich zwar nach Salem, aber von dort aus fährt kein Bus mehr. Ich muss bis morgen früh warten. Meine Freunde werden mich dann abholen. Doch am Telefon fragten Sie, ob ich über Nacht bleiben könne. Das heißt, Sie hatten ursprünglich sowieso vor, mich zu beherbergen, nicht wahr?«

»Ehrlich gesagt hatte das andere Gründe.«

»Nämlich welche?«

»Ich bin ein Nachtmensch. Tagsüber schlafe ich. Das Sonnenlicht bekommt mir nicht. Es macht alles so grell.«

Vor seinem inneren Auge korrigierte Justus das Bild von einem zerrupften Geier in einen mageren alten Uhu. »Wie dem auch sei, ich habe meine Schlafsachen dabei.«

Mr Carter blickte ihn zweifelnd an. Seine Gedanken waren nur zu deutlich in seinem Gesicht zu lesen: Er bereute es, Justus eingeladen zu haben, und wollte ihn so schnell wie möglich loswerden. Doch obwohl Mr Carter nicht gerade die Höflichkeit in Person war, brachte er es nicht fertig, den Ersten Detektiv zu so später Stunde in dieser gottverlassenen

Gegend vor die Tür zu setzen. Er seufzte. »Also schön. Ich habe ein Gästezimmer. Albert wird es dir zeigen.« Der Hausherr trat auf die Wand zu, an der eine dunkelrote Samtschnur hing, die in verspielten Troddeln endete. Justus vermutete, dass sie zu einer Signalglocke für den Butler Albert führte. Er würde kommen, ihn in sein Zimmer bringen – und der Abend wäre gelaufen. Dafür war der Weg wirklich zu weit gewesen. Justus folgte einer plötzlichen Eingebung: »Einen Moment noch!«, rief er, bevor Carter an der Schnur ziehen konnte.

Mr Carter fuhr zusammen und verzog das Gesicht wie unter Schmerzen. Sein rechter Arm zuckte in einer abwehrenden Geste hoch. »Still!«, befahl er zischend. »Sprich nicht so laut!«

»V … Verzeihung«, flüsterte Justus. »Ich wollte nicht –«

»Ich kann laute Geräusche nicht ertragen«, unterbrach ihn der Hausherr.

»Laute Stimmen schon gar nicht. Sie bereiten mir Schmerzen.«

Justus erinnerte sich an die empörte Zurechtweisung des Bediensteten bei seinem frostigen Empfang und nickte. Wesentlich leiser, und damit leider auch viel unterwürfiger als geplant, fuhr er fort: »Mir kam gerade ein Gedanke.«

»Und der wäre?«, fragte Carter verärgert.

»Wenn ich ohnehin die Nacht in Ihrem Haus verbringe, wie Sie es von Anfang an geplant hatten – dann könnten Sie mir doch auch erzählen, um was für ein Rätsel es sich handelt, das Sie beschäftigt.«

Wieder schüttelte Carter den Kopf, diesmal lächelte er dabei, doch es lag keine Freundlichkeit darin. »Du gibst wohl nicht so schnell auf, was?«

»Das zeichnet einen guten Detektiv aus. Ebenso ein Sinn für effizientes Handeln. Und es ist vollkommen ineffizient, wenn Sie mich morgen unverrichteter Dinge abreisen lassen, denken Sie nicht?«

»Willst du mir etwas beweisen?«

»Um ehrlich zu sein, Sir, ja. Ich will Ihnen beweisen, dass es die richtige Entscheidung war, die drei Detektive zu engagieren, worum auch immer es sich bei Ihrem Problem handelt. Und dass es nicht klug ist, sich von Äußerlichkeiten wie beispielsweise meinem Alter beeinflussen zu lassen.« Mr Carter antwortete nicht. Er ging wieder zurück zum Terrarium und betrachtete die Schlange. Dann griff er nach der kleinen Pappschachtel und hielt sie in beiden Händen wie einen wertvollen Schatz.

»Es kostet Sie keinen Cent, Sir«, versuchte Justus es noch einmal. »Sie müssen mir nur sagen, um was für ein Rätsel es geht, und wir werden sehen, was dabei herauskommt. Wenn ich Ihnen morgen früh keine Ergebnisse liefern kann, werde ich sofort abreisen. Ansonsten –«

»Ansonsten was? Das klingt ja fast wie eine Erpressung!«

»Aber nein, Sir! Ich wollte sagen, dass Sie sich ansonsten ja noch überlegen können, ob Sie jemand anderen engagieren wollen.«

Wieder schwieg Carter. Er öffnete den Deckel des Terrariums, griff hinein und streichelte die Schlange, die sich das reglos gefallen ließ. »Wusstest du, dass die Schlange ein Symbol für Weisheit ist?«

Justus nickte. »Das ist mir bekannt. Die Schlange hat jedoch in verschiedenen Kulturen noch andere symbolische Bedeutungen. Im alten Ägypten beispielsweise –«

»Die sieben Tore«, unterbrach Carter ihn schroff. »Ich möchte, dass du die sieben Tore findest.«

Justus wartete auf eine Erklärung. Doch es kam keine. »Die sieben Tore. Und worum handelt es sich dabei?«

»Das kann ich dir nicht sagen.«

»Sie können nicht oder Sie wollen nicht?«

»Die sieben Tore befinden sich hier auf meinem Grundstück«, ignorierte Mr Carter Justus' Frage und fuhr fort, die Schlange zu streicheln. »Hinter den sieben Toren liegt ein Versteck. Und genau darum geht es.«

»Ich verstehe nicht ganz. Tore? Meinen Sie richtige Tore wie den Eingang zu Ihrem Haus? Und was für ein Versteck? Was befindet sich darin?«

»Wer sagt, dass sich darin etwas befindet?«

Justus runzelte die Stirn. »Ich verstehe. Sie suchen nach dem Versteck, weil Sie selbst dort etwas deponieren möchten?«

»Ich suche nach dem Versteck. Mehr musst du nicht wissen.«

»Das kommt darauf an. Im Laufe unserer Detektivkarriere habe ich immer wieder die Erfahrung gemacht, dass es oft die unbedeutend erscheinenden Details sind, die am Ende zu des Rätsels Lösung führen. Es wäre also durchaus ratsam, mich über alles in Kenntnis zu setzen: Was genau suchen Sie? Warum suchen Sie es? Woher wissen Sie, wo Sie es suchen müssen? Und warum suchen Sie es jetzt?«

Carter drehte sich wieder zu ihm um. Ein leises Lächeln umspielte seine schmalen, farblosen Lippen. Justus wusste nicht, ob es ein grimmiges oder ein amüsiertes Lächeln war. »Das sind ziemlich viele Fragen.«

»Es ist die Hauptaufgabe eines Detektivs, Fragen zu stellen. Die richtigen Fragen zur richtigen Zeit an die richtige Person. Darin liegt das ganze Geheimnis. Und da Sie mein Auftraggeber sind …«

»Ich bin nicht dein Auftraggeber, Justus Jonas. Betrachten wir es als Spiel. Du möchtest mir etwas beweisen und ich gebe dir die Chance dazu. Finde das Versteck hinter den sieben Toren! So lautet die Aufgabe. Wie du das anstellst – ist deine Sache.«

Justus setzte zu einer Erwiderung an, doch Mr Carter wandte sich erneut dem Terrarium zu. Er öffnete die Pappschachtel und zog etwas Kleines, Zappelndes daraus hervor: Es war eine Maus, die quiekend an ihrem Schwanz baumelte.

»Ich werde für den Rest des Abends beschäftigt sein. Du bist also auf dich allein gestellt. Albert wird dir alles zeigen. Ich ziehe mich nun zurück.« Er ließ die Maus in das Terrarium fallen, in dem die Schlange augenblicklich zum Leben erwachte. »Angenehme Nachtruhe!«

Marginale Differenzen

Bob Andrews hockte beim funzeligen Licht der Schreibtischlampe in der Zentrale und spielte nervös mit einem Kugelschreiber. Er wartete. Auf Peter. Auf ein Lebenszeichen von Justus. Darauf, dass irgendetwas passierte. Klick-klack. Die Kugelschreibermine schnappte aus der Hülse und wieder zurück. Doch Bobs Blick war auf etwas anderes gerichtet: Auf dem Schreibtisch lag Justus' Handy. Und das bereitete ihm Kopfzerbrechen.

Ein leises Quietschen drang durch das geöffnete Fenster in die Zentrale, ihr Detektivhauptquartier, das sich in einem ausrangierten Campinganhänger befand. Der Anhänger stand auf dem Schrottplatz des Gebrauchtwarencenters T. Jonas, das Justus' Onkel Titus gehörte. Jetzt, am Freitagabend, war der Platz natürlich menschenleer, das Tor zur Einfahrt war geschlossen. Doch das Geräusch, das Bob gehört hatte, war ihm wohlvertraut: Jemand hatte eine Holzlatte im Zaun, der das Gelände umgab, beiseitegeschoben. Kaum jemand wusste, dass eines der Bretter lose war und einen geheimen Eingang verbarg. Genau genommen nur er selbst, Justus und Peter.

Die Tür zur Zentrale wurde aufgestoßen und der Zweite Detektiv Peter Shaw trat ein. Der hochgewachsene, sportliche Junge mit dem struppigen rotbraunen Haar hob in einer beschwichtigenden Geste die Hände. »Sorry, ich weiß, ich bin zu spät. Ich war noch mit Jeffrey surfen. Mann, war das geil!

Die Wellen waren heute grandios! Da konnte ich einfach nicht früher weg. Hat er sich schon gemeldet?«

»Wer? Jeffrey?«

»Nein. Justus.«

Bob schüttelte niedergeschlagen den Kopf.

»Wie bitte? Aber es war doch abgemacht, dass er um spätestens neun Uhr anruft! Jetzt ist es … gleich zehn!«

Wortlos wies Bob auf das Handy.

»Moment mal. Wieso liegt das denn hier rum?«

»Das wüsste ich auch gern.«

»Justus wollte es doch mitnehmen, um uns anzurufen, wenn er bei diesem Mr Cotter –«

»Carter«, korrigierte Bob.

»Bei diesem Mr Carter angekommen ist. Hat er das etwa vergessen?«

»Superhirn Justus Jonas soll etwas vergessen haben? Schwer vorstellbar, oder?«, meinte Bob düster.

»Mist«, presste Peter hervor und ließ sich in einen der abgewetzten Sessel fallen, die Justus vom Schrottplatz abgestaubt hatte, um die Zentrale etwas wohnlicher zu machen. »Meinst du, es ist etwas passiert?«

Bob zuckte die Schultern. »Keine Ahnung. Ich meine … merkwürdig ist die ganze Sache schon. Da ruft ein wildfremder Typ an, der von uns aus der Zeitung weiß, und bestellt Justus für den nächsten Tag zu sich nach Hause in eine gottverlassene Gegend, fünfzig Meilen nördlich von Rocky Beach. Er sagt nicht, was er will oder worum es geht, nur, dass er einen Fall für uns hat.«

»Für uns ist gut«, warf Peter ein. »Für Justus! Uns wollte er ja auf keinen Fall dabeihaben! Wir hätten Just nicht allein gehen lassen dürfen.«

»Er war ja nicht davon abzubringen«, erinnerte Bob. »Ich habe mir den Mund fusselig geredet. Aber der Erste Detektiv musste natürlich wieder seinen Kopf durchsetzen. Was hat er noch mal gesagt?«

»Irgendwas mit marginalen Differenzen. Das konnte ich mir merken. Obwohl ich's nicht verstanden habe.«

»Genau.« Bob schmunzelte und ahmte Justus' unverwechselbar gelassenen Tonfall nach, mit dem er die kompliziertesten Sätze formulierte, als redete er übers Wetter: »Ich bin nicht bereit, mir einen potenziell viel versprechenden Fall aufgrund solch marginaler Differenzen mit dem Klienten entgehen zu lassen.«

»Ach ja. Wie konnte ich das nur vergessen. Aber egal wie marginal die Differenzen sind, er hätte nicht alleine fahren sollen! Jetzt haben wir den Salat. Justus meldet sich nicht und wir wissen nicht einmal genau, wo er ist.«

»Doch.« Bob tippte auf einen Zettel, der auf dem Schreibtisch lag. »Er hat Carters Adresse für uns hinterlassen. Aber wir sollten noch warten, bevor wir etwas unternehmen. Oder?«

Peter kam nicht dazu, zu antworten. Plötzlich pochte jemand gegen die Tür der Zentrale. Unwillkürlich zuckten beide zusammen. Sie sahen einander an.

Justus? Nein, der würde nicht klopfen. Aber wer sonst konnte es sein? Der Schrottplatz war doch verlassen!

Es klopfte erneut. »Jungs? Seid ihr da drin?«

Peter verdrehte die Augen. »Herrje! Es ist Tante Mathilda!«

»Ja, Mrs Jonas!«, rief Bob.

Die Tür wurde geöffnet und Justus' Tante, eine rundliche, energische Frau, trat ein. Ihr Gesicht war von Lachfalten geprägt, gleichzeitig hatte sie jedoch etwas sehr Strenges an sich. Die Strenge überwog heute eindeutig. »Was treibt ihr denn hier?«

Peter suchte nach einer Antwort. »Wir, äh …«

»Ich mache meine Runde über den Schrottplatz, weil ich nicht sicher war, ob ich das Tor abgeschlossen habe, und was sehe ich? Licht in eurem Wohnwagen! Nanu, denke ich, Justus wollte doch heute bei Bob übernachten.

Das hat er jedenfalls gesagt. Und nun hängt ihr beiden hier herum. Was hat das zu bedeuten? Wo ist Justus?«

»Er ist noch unterwegs«, sagte Bob schnell, bevor Peter auf die Idee kommen konnte, sich eine völlig bescheuerte Ausrede einfallen zu lassen.

»Er übernachtet also nicht bei dir?«

»Doch. Wir treffen uns hier und dann fahren wir zu mir. Er müsste bald zurück sein.«

Tante Mathilda runzelte die Stirn und trat einen Schritt näher. »Das hat doch nicht schon wieder etwas mit eurem Detektivkram zu tun, oder?«, fragte sie lauernd.

»Detektivkram?«, echote Peter und kam sich vor wie der letzte Idiot. »Nö, wieso?«

Mathilda Jonas blickte ihn scharf an. »Wollt ihr mich auf den Arm nehmen? Ich rieche doch förmlich, dass hier was faul ist! Dabei hatte Justus mir versprochen, in Zukunft vorsichtiger zu sein! Raus mit der Sprache, wo ist er?«

»Er … er ist –«

Das Telefon klingelte.

»Das wird er sein!«, rief Bob und riss den Hörer vom Apparat. »Bob Andrews hier.«
»Hi, Bob. Ich bin's, Justus. Hör mal, ich –«
»Just! Na so ein Zufall! Deine Tante steht gerade neben mir und fragt sich, wo du steckst. Warte mal, ich geb sie dir am besten schnell!« Bob streckte Mrs Jonas den Hörer entgegen.
»Hallo? Justus? Wo bist du denn? Ich dachte, du wolltest bei Bob übernachten. Habt ihr etwa wieder … Ach so … Ja, ich verstehe … Na, da bin ich aber erleichtert.« Tante Mathildas Gesichtszüge entspannten sich. »Bist du denn morgen Mittag wieder da? … Aha … Ja, gut. Okay, bis dann, mein Junge.« Sie reichte den Hörer zurück an Bob und blickte die beiden Detektive tadelnd an.
»Das hättet ihr aber auch gleich sagen können.« Kopfschüttelnd verließ sie die Zentrale.
Bob sah ihr entgeistert nach, wie sie über den nächtlichen Schrottplatz zurück zum Wohnhaus der Familie Jonas ging. Dann hob er den Hörer ans Ohr.
»Just? Bist du noch dran?«
»Ja.« Die Stimme des Ersten Detektivs klang gedämpft, so als fürchtete er, belauscht zu werden.
»Wie hast du denn das jetzt angestellt?«
»Ein Kinderspiel. Hör zu, Bob, ich hab nicht viel Zeit. Ich habe blöderweise mein Handy in der Zentrale liegen gelassen –«
»Das haben wir gemerkt.«
»– und Mr Carter weiß nicht, dass ich telefoniere.«
»Er weiß es nicht? Wieso? Hat er es dir verboten?«
»Nein, nicht direkt. Aber er ist ein ziemlich seltsamer Zeitge-

nosse. Ich halte es für besser, ihn vorerst nicht in alles einzuweihen. Er tut es nämlich auch nicht.«

»Was meinst du damit?«

»Erzähl ich dir später. Sag mir lieber schnell, ob du inzwischen etwas über ihn herausfinden konntest!«

»Also schön.« Bob räusperte sich und kramte in seinen Unterlagen. »Casper Carter. Viel ist es nicht. Er ist ein Sohn aus reichem Hause. Seinem Vater gehörte eine ziemlich große Textilfirma, die Carter Corporation. Er ist vor über einem Jahr an einem Herzinfarkt gestorben. Nach seinem Tod hat Casper alles geerbt, die Geschäftsführung aber sofort anderen Leuten übertragen, da er selbst kein Händchen dafür hatte. Das Unternehmen erwirtschaftet jedes Jahr ein paar Millionen Dollar. Ein großer Teil davon fließt in Carters Tasche, ohne dass er etwas dafür tun muss. Von der Kohle hat er sich wohl auch vor einigen Jahren seinen Palast am Meer gekauft, das Engström-Haus. Punkt. Das ist alles, was ich über ihn weiß. Es gab nur ein paar kurze Artikel in Wirtschaftszeitungen, die sich mit seiner Firma beschäftigten. Über sein Privatleben ist nichts bekannt.«

»Das ist nicht gerade viel«, murmelte Justus. »Aber pass auf, ich brauche deine Hilfe noch mal: Du musst etwas über die sieben Tore herausfinden!«

»Die sieben Tore?«, wiederholte Bob und machte eine Notiz auf der Schreibtischunterlage. »Was ist das denn?«

»Das wüsste ich auch gern. Die sieben Tore befinden sich hier im Haus, sagt Carter. Ich soll sie finden. Aber mir ist noch nicht ganz klar, wonach ich eigentlich suche. Vielleicht stößt du bei der Recherche auf etwas Interessantes, Bob.«

»Sieben Tore, okay. Ich werde mein Bestes geben. Ist sonst alles in Ordnung, Just?«
»Das kann ich noch nicht sagen. Irgendwie ist hier alles ziemlich merkwürdig. Ich hoffe, ich weiß morgen mehr. Ihr holt mich wie besprochen um zehn Uhr ab. Und am besten mit ein paar Ergebnissen, denn davon könnte abhängen, ob Mr Carter uns erlaubt, weiter an dem Fall zu arbeiten oder nicht. Also, bis dann!«

Justus legte den Hörer leise auf. Nachdem Albert ihm sein Zimmer gezeigt und sich mürrisch verabschiedet hatte, war Justus aus dem Raum geschlichen und hatte sich auf die Suche nach einem Telefon gemacht. Es musste niemand wissen, dass er telefonieren wollte. Wenn Carter ihn nicht in sein Geheimnis einweihen wollte, musste er das umgekehrt auch nicht tun.
Durch pures Glück war er bereits hinter der zweiten Tür fündig geworden. Dies schien eine Art Büro zu sein, jedoch wahrscheinlich nicht das von Mr Carter persönlich, dafür wirkte es irgendwie zu klein. Vermutlich benutzte es der Butler Albert. Doch das war Justus herzlich egal, Hauptsache, er konnte Bob und Peter Bescheid sagen, dass alles in Ordnung war. Er hatte das Licht ausgelassen und im Dunkeln telefoniert, damit ihn kein Lichtstrahl, der unter der Tür hindurch auf den dunklen Flur fiel, verraten konnte. Und genauso unauffällig wollte er auch wieder verschwinden.
Der Gang war fast vollkommen dunkel, nicht einmal die nackte Glühlampe brannte noch. Das einzige Licht fiel nun von draußen durch ein kleines Seitenfenster. Genug, um sich

zu orientieren. Justus schlüpfte durch die Tür, schloss sie leise, wandte sich um – und prallte mit einer schwarz gekleideten Gestalt zusammen!

Der Fremde am Strand

Justus' Herz tat einen Sprung. Mühsam unterdrückte er einen Schrei.

Ein Feuerzeug flammte auf und erleuchtete von unten auf dämonische Weise das Gesicht von Albert, der nun fast so aussah wie eine der Steinfiguren, die das ganze Haus bevölkerten. Der Butler starrte Justus finster an. »Was hast du in meinem Raum zu suchen?«

Der Erste Detektiv entspannte sich. »Ein Telefon.« Es hätte keinen Zweck gehabt, Albert anzulügen. Vermutlich hatte er hinter der Tür gelauscht.

»Und warum hast du mich vorhin nicht gefragt?«

»Ich habe es vergessen. Es tut mir Leid. Ich wollte niemanden stören, daher habe ich mich allein auf die Suche gemacht.«

Albert schien die Entschuldigung gar nicht hören zu wollen.

»Mr Carter kann es nicht ausstehen, wenn jemand in seinem Haus herumschnüffelt.«

»Irrtum. Mr Carter hat mich sogar damit beauftragt, hier herumzuschnüffeln.«

»Bestimmt nicht in meinem Büro.«

»Überall«, behauptete Justus. »Gute Nacht!« Er beeilte sich, in sein Zimmer zurückzukehren. Ohne sich noch einmal umzudrehen, schloss er die Tür hinter sich. Erleichtert lehnte er sich dagegen.

Ihm war gar nicht wohl zu Mute. Dieser Albert hatte ihn von

der ersten Sekunde angestarrt, als würde er ihn am liebsten bei der nächsten Gelegenheit hinterrücks im Dunkeln erdolchen. Und Mr Carter fiel ebenfalls komplett aus jedem gängigen Klientenmuster heraus, das Justus sich im Laufe seiner Detektivkarriere zurechtgelegt hatte. Er war in einem Irrenhaus gelandet. Was hatte er sich nur dabei gedacht, ohne Bob und Peter hierherzukommen? Justus betätigte den Lichtschalter und sah sich das erste Mal richtig in seinem Gästezimmer um. Es war so karg eingerichtet wie der gesamte Rest des Hauses. Auch hier hing nur eine nackte Glühlampe unter der Decke. Es gab ein einfaches Bett, einen Schrank und einen Stuhl, auf den Justus seine Tasche gestellt hatte. Eine weitere Tür führte ins winzige Bad. Die dunklen Vorhänge vor dem einzigen Fenster waren zugezogen. Es war wie in einem Hotel der billigsten Sorte. Deprimierend. Wahrscheinlich war es das Beste, sofort wieder zu gehen und sich der Aufgabe zu widmen: die sieben Tore zu finden. Was immer sich dahinter verbarg.

Justus hatte sich schon zum Gehen gewandt, doch eine innere Stimme hielt ihn zurück. Da war noch etwas in diesem Raum. Ein Rauschen! Es drang durch das Fenster ins Zimmer. Justus trat näher heran und schob die schweren, dunklen Vorhänge beiseite. Unter ihm lag das Meer. Aber natürlich! Seit Justus Mr Carters Haus betreten hatte, hatte er ganz vergessen, dass es am Rand einer Steilküste lag und die hinteren Zimmer einen Blick auf den Ozean haben mussten. Umso beeindruckender war der Anblick nun. Die dem Meer zugewandte Außenwand des Hauses bildete eine gerade Linie mit der senkrecht in die Tiefe stürzenden Klippe der Steilküste.

Obwohl Justus' Zimmer im ersten Stock war, befand er sich auf dieser Seite des Hauses in zwanzig Metern Höhe. Ein Sprung aus dem Fenster hätte den sicheren Tod bedeutet. Unter ihm gab es nicht einmal einen Strand. Die Felswand führte direkt ins Meer, dem es durch die Wucht der unermüdlich aufprallenden Wellen wahrscheinlich alle paar Jahrzehnte gelang, ihr einen Gesteinsbrocken zu entreißen. In einigen tausend Jahren würde das Haus, oder das, was dann noch von ihm übrig war, vermutlich in den Pazifik stürzen.

Justus gab sich eine Weile dem Ausblick hin, doch dann riss er sich los. Er kramte in seiner Reisetasche nach der Taschenlampe und verließ das Zimmer. Auf dem Gang war es dunkel und totenstill. Justus machte sich auf den Weg. Der dicke Teppich dämpfte jeden Laut seiner Schritte, so dass Justus fast das Gefühl hatte, durch den Gang zu schweben. Sobald er die Lampe schwenkte, sprangen die Schatten aus den Ecken und Winkeln hervor. Es sah aus, als würden die Steingeschöpfe, die sich über Türen und Fenstern an die Wand pressten, ihre Köpfe wenden und jeden von Justus' Schritten aufmerksam verfolgen. Es war nicht das erste Mal, dass Justus nachts durch ein fremdes Haus schlich. In seiner Detektivlaufbahn hatte er solche Dinge schon öfter tun müssen. Doch er war dabei selten allein gewesen. Es war schon ziemlich unheimlich …

Der Erste Detektiv rief sich innerlich zur Ordnung. Es gab keinen Grund, sich zu fürchten. Die grinsenden Gesichter und die tanzenden Gestalten mit den Fledermausflügeln waren nur kalter Stein, nichts weiter. Und Peter hätte ihn mit seiner Panikmache wahrscheinlich eher in den Wahnsinn getrieben, anstatt ihn zu beruhigen.

Stück für Stück erkundete Justus das Haus. Neben dem Erdgeschoss und dem ersten Stock gab es in der Eingangshalle eine Tür, die vermutlich in den Keller führte, doch sie war verschlossen. Von der Halle aus zweigten mehrere endlos scheinende Flure ab, in denen sich Tür an Tür reihte. Justus wagte nicht, sie zu öffnen, da er befürchtete, versehentlich Mr Carters Schlafzimmer zu betreten. Doch einige der großen, doppelflügeligen Türen standen offen. Eine führte in einen riesigen Salon im hinteren Teil des Hauses, der komplett leer geräumt war. Es war der mit Abstand größte Raum des ganzen Hauses. Die hohen Fenster waren verhängt. Justus zog kurzerhand die schwarzen Vorhänge beiseite. Von hier aus hatte man einen fantastischen Blick aufs Meer.
Das Mondlicht, das durch die Fenster fiel, spiegelte sich in dem alten Parkettfußboden. Justus sah sich um. Sein Blick fiel auf ein Wandgemälde. Die Farbe war ein wenig verblasst und an einigen Stellen rissig und abgeplatzt. Doch das Bild war noch gut zu erkennen:
Es stellte ein großes, hölzernes Tor dar, das mitten im Freien in einer paradiesischen Landschaft stand und von hinten von einem überirdischen Leuchten erhellt wurde. Es war geschlossen, doch eine Schlange wand sich auf das dicke, eiserne Schloss zu, als wollte sie es öffnen und den Weg zum Licht freigeben. Die Szenerie wurde von nebelartigen Schleiern gesäumt. Nein, kein Nebel, die Linien waren zu dynamisch gemalt. Es war eine Art Wirbelwind, der um das Tor herumfegte. Justus richtete den Strahl seiner Taschenlampe darauf. Und nun erkannte er, dass der Wirbel aus vielen blassen, ineinander verschlungenen Geschöpfen bestand. Ein Heer aus

kichernden, lachenden, brüllenden Geistern und Dämonen, die das Tor belagerten und aus riesigen Augen die Schlange anstarrten, als warteten sie nur darauf, dass sie es öffnete. Das Gemälde hatte eine mystische, düstere Ausstrahlung und zog ihn auf seltsame Weise in seinen Bann. In der rechten unteren Ecke entdeckte Justus eine halb verblasste Signatur: Engström – 1897. Justus fiel auf, dass dies der erste Raumschmuck war, den er in diesem Haus sah, von den Steinfiguren mal abgesehen.

Ein Tor. Da war also ein Tor an die Wand eines Salons gemalt. In den Augen des Ersten Detektivs war das schon mal ein klarer Hinweis. Er wusste zwar noch nicht genau, worauf, aber eines war wohl sicher: Es hatte etwas mit Mr Carters Rätsel zu tun. Vermutlich musste er nun nur noch die anderen sechs Tore finden. Das war bestimmt ein Kinderspiel.

Doch Justus fand sie nicht. Er durchkämmte das ganze Haus und untersuchte jeden Flur und jeden frei zugänglichen Raum. Als er damit durch war, machte er sich schließlich doch an den geschlossenen Türen zu schaffen. An jeder horchte er eine halbe Minute lang und blickte durchs Schlüsselloch, bevor er die Klinke herunterdrückte.

Er fand die Küche, zwei Badezimmer und eine Vorratskammer. Zwei weitere Räume im Erdgeschoss sowie das Büro von Albert waren verschlossen. Vermutlich waren das Carters Privaträume. Alle anderen Zimmer waren leer. Absolut leer. Keine Möbel, keine Bilder, nichts. Vor allem keine Tore. Auch wenn das Haus von außen einen ganz anderen Eindruck machte, viel zu erforschen gab es hier nicht. Es schien, als wäre Carter gerade erst eingezogen, dabei hatte

Bob doch gesagt, er hätte das Haus bereits vor einigen Jahren gekauft.
Justus wurde müde. »Bei Tageslicht sieht alles anders aus«, murmelte er schließlich, kehrte in sein Zimmer zurück und legte sich ins Bett. Nach wenigen Minuten schlief er tief und fest.

Als er erwachte, war es noch dunkel. Es dauerte einen Moment, bis er begriff, wo er sich befand. Justus sah auf die Uhr. Kurz nach vier, noch mitten in der Nacht. Sein Magen knurrte. Kein Wunder, schließlich hatte er gestern Abend nichts mehr gegessen. Frühstück würde es wahrscheinlich erst in ein paar Stunden geben, wenn überhaupt.
Eine Weile lang versuchte Justus, wieder einzuschlafen. Doch es hatte keinen Zweck. Er war hellwach. Außerdem war ihm kalt. Sollte er um diese Zeit etwa schon aufstehen? Völlig bescheuert. Andererseits … Vielleicht fand er in der Küche etwas Essbares. Der Erste Detektiv malte sich gerade die atemberaubendsten Köstlichkeiten aus, die der Kühlschrank zu bieten haben mochte, als sich ein leises Geräusch in das Rauschen des Meeres mischte und an sein Ohr drang. Es waren knirschende Schritte, irgendwo draußen vor dem Fenster. Justus stand auf und ging zur Scheibe, ohne Licht zu machen. Draußen herrschte noch tiefste Nacht. Doch inzwischen war der Mond aufgegangen und zauberte ein glitzerndes Lichtspiel auf das bewegte Wasser. Justus drückte seine Nase an der Scheibe platt, um direkt nach unten zu sehen.
Die Gezeiten hatten über Nacht das Wasser zurückweichen lassen. Dort, wo noch vor wenigen Stunden der Pazifik an die

Felswand gebrandet war, befand sich nun ein kleiner Kieselstrand. Die Steine glänzten feucht und waren halb von Algen überwuchert. Zwischen den glitschigen Algenfeldern bewegte sich eine Gestalt. Justus kniff die Augen zusammen. Er war zu weit entfernt und es war zu dunkel, um den Mann genau erkennen zu können. Doch die hagere Gestalt, die gebeugte Haltung, der unsichere Gang – war es Mr Carter?
Der Mann blieb stehen und blickte aufs Meer hinaus. Wartete er auf etwas? Der Erste Detektiv suchte mit den Augen den Ozean ab, doch im Mondlicht konnte er nichts erkennen. Kein Schiff, kein Boot, kein Signal. Möglicherweise suchte der Mann jedoch gar nichts, sondern machte nur einen nächtlichen Strandspaziergang.
Justus beobachtete ihn weiter. Die Zeit verstrich, ohne dass der Unbekannte sich rührte. Nur ab und zu schlang er seine Jacke fester um den Körper, um sich gegen den kalten Wind zu schützen. Auch Justus fror. Er hatte einen warmen Pullover in der Reisetasche. Konnte er es riskieren, den Mann für einen Moment aus den Augen zu lassen? Der Erste Detektiv zögerte. Doch die Kälte siegte. Er verließ seinen Beobachtungsposten und tastete im Dunkeln nach seiner Tasche. Das Licht ließ er aus, er wollte nicht unnötig auf sich aufmerksam machen. Es dauerte eine Weile, bis er den Pullover gefunden hatte. Eilig streifte er ihn über den Kopf und kehrte ans Fenster zurück.
Der Mann war verschwunden.
»Verflixt!«, presste Justus hervor und suchte fieberhaft den Kieselstrand ab, doch ohne Erfolg: Der Unbekannte war weg. Auch auf dem Meer tat sich nichts Außergewöhnliches. Es

war, als hätte es den Mann am Strand nie gegeben. Nun war Justus vollends wach. An Schlaf war nicht mehr zu denken. Mochte es auch noch mitten in der Nacht sein, das war ihm jetzt egal. Schnell schlüpfte er in Hose und Schuhe, griff nach der Taschenlampe und trat hinaus auf den Flur.

Im Haus war es noch immer still und dunkel. Justus ging zur Treppe und blickte in die Eingangshalle hinunter. Alles ruhig. Justus hatte gerade die oberste Treppenstufe betreten, als es plötzlich irgendwo im Haus laut knallte. Er zuckte zusammen. Was war das gewesen? Es hatte wie eine zuschlagende Tür geklungen. Aber von wo war das Geräusch gekommen? Der Knall hallte noch von den kahlen Steinwänden wider, doch Justus konnte seinen Ursprung nicht mehr bestimmen. Mit laut pochendem Herzen lauschte er und wagte kaum zu atmen. Aber es war wieder genauso still wie vorher. Totenstill.

Eine Minute lang verharrte er auf der Treppe. Dann setzte er seinen Weg fort und ging hinunter zum Eingangstor. Die kleine Tür, die in das Tor eingelassen war, war nicht verschlossen. Justus öffnete sie und trat hinaus in den kalten Wind. Die Tür fiel zwar nicht von allein ins Schloss, doch Justus wollte lieber sicherheitshalber einen Stein dazwischenlegen. Auf der Suche nach einem geeigneten Kiesel ließ Justus den Lichtkegel über den grasbewachsenen Boden gleiten. Er hatte sich gerade einen Meter von der Pforte entfernt, als plötzlich eine starke Böe um das Haus fegte – und die Tür zuwarf. Justus sprang zurück und drückte gegen den Flügel, doch dieser ließ sich nicht bewegen. Es gab keinen Türgriff, nur ein Schlüsselloch. Aber einen Schlüssel hatte er natürlich nicht. Er hatte sich ausgesperrt.

Nächtliche Begegnung

»Großartig, Justus Jonas«, murmelte er leise. »Ohne deine Kollegen benimmst du dich wirklich wie der letzte Trottel.« Er sah auf die Uhr. In einer Stunde würde die Sonne aufgehen. Wenigstens etwas. »Na schön, dann sehe ich mich eben hier draußen um.« Schließlich hatte er deswegen das Haus verlassen. Justus umrundete das Gebäude. Viel zu sehen gab es nicht. Um die Mauern herum waren hier und da Blumenbeete angelegt, die jedoch verwahrlost aussahen. In der Nähe stand ein kleiner Holzschuppen, wahrscheinlich für Gartengeräte. Die Erdgeschossfenster des Hauses lagen so hoch, dass man von außen nicht hineinsehen konnte. Je näher Justus der Hinterseite kam, desto lauter wurde das Meeresrauschen. Und dann stand er plötzlich direkt am Abgrund. Der grasbewachsene Hügel brach ab, als hätte ein riesenhafter Hammer ihn zerschlagen. Graues Felsgestein führte fast senkrecht in die Tiefe zum steinigen Strand. Es gab keinerlei Warnung oder gar Absperrung. Ein gefährlicher Ort für Menschen, die das Terrain nicht genau kannten. Aber vielleicht war das die Absicht des Hausherrn. Casper Carter hatte offensichtlich ein Problem mit Menschen. Möglicherweise war es ihm gleichgültig, ob sich jemand, der auf seinem Grundstück nichts zu suchen hatte, zu Tode stürzte. Justus wagte sich so weit wie möglich vor und blickte hinunter. Da unten hatte der Fremde gestanden und aufs Meer gesehen. Die Frage war: Wie war er dorthin gekommen? Von hier aus gab es keinerlei Möglichkeit hinabzuklettern. Die Felswand war steil und höchstens von einem Bergsteigerprofi zu bewältigen, doch einen solchen Eindruck hatte der Mann eigentlich nicht gemacht. Vielleicht gab es auf der anderen Seite des Hauses eine Stelle, die sich für einen einfachen Abstieg eignete.

Justus machte kehrt, umrundete das Haus und näherte sich der Steilwand von der anderen Seite. Wieder blickte er in die Tiefe. Auch hier hatte der Felsen zwar Vorsprünge, die sich zum Klettern eigneten – aber an einen leichten Abstieg war nicht zu denken.

Der Erste Detektiv wollte noch einen Blick um die Hausecke werfen, bevor er zurückkehrte. Er trat einen weiteren halben Schritt auf den Abgrund zu, beugte sich vor – und wurde plötzlich nach vorn gestoßen!

Justus schrie und ruderte wild mit den Armen. Jemand hatte ihn von hinten am Saum seines Pullovers gepackt! Der Erste Detektiv glitt auf dem nassen Gras aus und sein rechter Fuß rutschte über den Abhang. Dann griff eine starke Hand nach seinem Oberarm und riss ihn zurück.

Justus fuhr herum und blickte in das entsetzte Gesicht eines unbekannten Mannes. Er war groß, schlank und blond und trug einen schäbigen Overall.

»Bist du von allen guten Geistern verlassen, Junge?«, keuchte der Mann.

»Lassen Sie mich los!«, rief Justus. »Wollen Sie mich umbringen?« Einen Moment lang war er fast sicher, der Fremde würde ihm einfach einen Stoß versetzen, der ihn endgültig in die Tiefe stürzen ließ. Panisch krallte er sich an der rauen

Hauswand fest. Dann wurde ihm plötzlich klar, dass es gar nicht die Absicht des Mannes gewesen war, ihn hinabzustoßen. Er hatte ihn nur festgehalten. Doch Justus hatte sich dabei so erschrocken, dass er das Gleichgewicht verloren hatte.

»Bestimmt nicht. Aber es sah so aus, als würdest du jeden Moment hinunterfallen.«

»Ist das ein Grund, mich so zu erschrecken?«

»Ich wollte erst auf mich aufmerksam machen, aber ich befürchtete, das würde dich nur noch mehr erschrecken.«

Langsam beruhigte sich Justus' Herzschlag wieder und auch das Gesicht seines Gegenübers entspannte sich. »Wer sind Sie überhaupt? Was haben Sie hier mitten in der Nacht zu suchen?«

»Das sollte ich wohl besser dich fragen. Ich bin sicher, Mr Carter wird es sehr interessieren, wer sich unbefugt Zutritt zu seinem Grundstück verschafft hat.«

»Sie kennen Mr Carter?«

»Sicher. Ich bin sein Gärtner.«

»Sein Gärtner? Jetzt sagen Sie nur, Sie arbeiten immer nachts.«

»Es ist gleich fünf Uhr und damit früher Morgen. Und jedermann weiß, dass man den Rasen am besten in den Morgenstunden mäht.«

»Tatsächlich?«

»Ja. Und nun raus mit der Sprache: Wer bist du?«

»Ich bin ein Gast von Mr Carter. Justus Jonas.« Der Erste Detektiv reichte ihm die Hand.

Der Gärtner ergriff sie. Ein weicher, fast lascher Händedruck.

»Justus Jonas«, wiederholte er und räusperte sich. »Ein ungewöhnlicher Name. Ich heiße Daniel Montgomery. Mr Carter hat mir nichts davon erzählt, dass er Gäste beherbergt.«

»Er hat mir auch nicht erzählt, dass er einen Gärtner beschäftigt.«

»Warum treibst du dich mitten in der Nacht hier draußen herum?«

»Ich dachte, es sei früher Morgen?«

»Wie dem auch sei.«

»Ich konnte nicht mehr schlafen, da habe ich einen kleinen Spaziergang gemacht.« Das war nicht einmal gelogen.

»Bist du ein Verwandter von Mr Carter?«

»Nein«, erwiderte Justus und überlegte, ob er mehr sagen sollte. Mr Montgomery war ganz schön neugierig für einen Gärtner. Andererseits wirkte er umgänglicher als der Butler Albert. Möglicherweise war er eine gute Informationsquelle, wenn Justus etwas über das Haus und seinen Bewohner herausfinden wollte. »Ich soll für ihn arbeiten. Ähnlich wie Sie. Sind Sie schon lange bei Mr Carter angestellt?«

Montgomery schüttelte den Kopf. »Albert und ich sind erst seit drei Wochen hier.«

»Das wusste ich gar nicht.«

»Mr Carter hat wohl alle ehemaligen Angestellten entlassen. Natürlich hat er uns keine Gründe dafür genannt, aber man kennt das ja: Vermutlich war eines Tages das Tafelsilber dezimiert oder ganz verschwunden und er wusste nicht, wem er noch trauen kann. Na ja, mir war es Recht, ich war nämlich gerade auf der Suche nach einem neuen Job.«

»Und wie ist Mr Carter so als Arbeitgeber?«

Montgomery runzelte die Stirn. »Ich denke, du kennst ihn.«
»Noch nicht besonders gut. Ich bin ihm gestern das erste Mal persönlich begegnet.«
»Aber einen ersten Eindruck hast du gewonnen, oder?«
»Das schon, ja.«
»Das reicht. Mr Carter ist genau so, wie du ihn gestern erlebt hast: eigenwillig, unhöflich, streng und hin und wieder auch ein bisschen unheimlich. Ich bin manchmal ganz froh, dass ich doch nicht Alberts Posten bekommen habe, um den ich mich ursprünglich beworben hatte. Die Arbeit im Haus mag angenehmer sein. Aber hier draußen bekomme ich Mr Carter nicht so oft zu Gesicht.«
»Wissen Sie, warum es im Haus so aussieht, als sei Mr Carter gerade erst eingezogen und warte noch auf seine Möbel? Es ist alles so leer und karg.«
»Er wollte das Haus so leer wie möglich haben. Leer und still, damit ihn nichts ablenkt und keine äußeren Reize seinen Geist verwirren können. Ziemlich verrückt, wenn du mich fragst. Aber vielleicht urteile ich auch zu hart. Wer weiß schon, was in einem Menschen vorgeht, der so eine schlimme Sache durchgemacht hat wie Mr Carter.«
Justus horchte auf. »Schlimme Sache? Was meinen Sie?«
Montgomery wirkte überrascht. »Du weißt es nicht?«
»Was weiß ich nicht?«
»Na ja … Carters Vergangenheit. Der Grund, warum er so ist, wie er ist.« Justus schüttelte verwirrt den Kopf. »Nein. Ich weiß nicht, was Sie meinen.« Montgomery schwieg und blickte über Justus' Schulter aufs Meer hinaus. Dann die

Mauer empor zu den kleinen Burgzinnen des Hauses. Inzwischen dämmerte es. Der Horizont jenseits der Hügel färbte sich langsam grau. Schließlich wandte er sich wieder dem Ersten Detektiv zu und raunte: »Nicht hier. Komm mit!« Er drehte sich um und ging auf den Schuppen zu. Justus folgte ihm.

Daniel Montgomery zog die Tür auf, senkte den Kopf und trat in die Dunkelheit der Laube. Hier lagerten Gartengeräte, wie Justus mit einem schnellen Blick registrierte. Doch nicht nur das. Überall standen Kisten und Kartons herum, an den Wänden hingen verschiedenste Werkzeuge und in einer Ecke lag eine alte Matratze auf dem Fußboden. Viel war im schwachen Licht nicht zu erkennen, nur dass in dem Gartenhäuschen das totale Chaos herrschte. Mr Montgomery schien das nicht zu stören. Er schob eine aufgerollte Strickleiter beiseite, zog eine Wolldecke aus einem Regal und legte sie auf eine Werkbank. Anschließend setzte er sich darauf, zog ein Päckchen Tabak aus der Jackentasche und begann, sich eine Zigarette zu drehen.

»Komm, setz dich!«

Justus hockte sich daneben und beobachtete fasziniert die routinierten Handbewegungen, mit denen aus einem Stück Papier und einem Häufchen Tabak eine Zigarette entstand. Dabei hörte er Montgomery aufmerksam zu.

»Was ich dir jetzt erzähle, bleibt unter uns, verstanden? Nicht dass du mich bei meinem Chef verpfeifst. Es ist zwar kein Geheimnis, aber – von mir hast du das nicht, okay?«

Justus nickte. Er platzte fast vor Neugier.

»Also schön. Mr Carter hatte vor einem halben Jahr einen

sehr, sehr schweren Autounfall. Ein Truck hat seinen Wagen zu Matsch gefahren – und ihn gleich mit. Er wäre fast gestorben und lag wochenlang im Koma. Es war ein Wunder, dass er überlebt hat. Anschließend war er für mehrere Monate in einer Rehabilitationsklinik.«

»Woher wissen Sie das alles?«, fragte Justus erstaunt. »Ich dachte, Sie kennen ihn erst seit ein paar Wochen.«

»Enid hat es mir erzählt.«

»Enid?«

»Mr Carters Freundin.«

»Mr Carter hat eine Freundin?«

»Ja, kaum zu glauben, nicht wahr? Enid Connally. Sie war seine Physiotherapeutin in der Klinik. So haben sie sich kennen gelernt. Sie wohnt nicht bei ihm, aber wenn du öfter hier bist, wirst du sie sicher noch treffen. Enid hat sich in letzter Zeit einige Male bei mir ausgeheult, daher kenne ich die ganze Geschichte. Aber wo war ich stehen geblieben? Im Krankenhaus musste Mr Carter alles neu lernen: sprechen, essen, laufen. Enid half ihm, so gut sie konnte. Sein Körper erholte sich nach und nach, aber er wird wohl nie vollständig wiederhergestellt sein. Du hast ihn ja gesehen, Justus. Wie alt schätzt du ihn?«

Justus zuckte mit den Schultern. »Das ist schwierig. Er bewegt sich wie ein alter Mann, aber seine Augen sehen jung aus. Ich tippe mal auf Mitte fünfzig?« Mr Montgomery nickte, als habe er die Antwort erwartet. »Er ist achtunddreißig Jahre alt. Der Unfall hat ihn fürchterlich mitgenommen.«

Der Erste Detektiv schwieg betroffen. Achtunddreißig! Das hätte er nie gedacht.

»Aber das alles war gar nichts im Vergleich mit dem schlimmsten Schaden, den er davongetragen hat«, fuhr der Gärtner fort.

»Und das wäre?«

»Durch den Unfall und das Koma hat Mr Carter sein Gedächtnis verloren.«

Carters Vergangenheit

Justus stand die Überraschung deutlich ins Gesicht geschrieben. »Sie meinen, er weiß nicht mehr, wer er ist?«

Montgomery schüttelte den Kopf. »Das weiß er schon. Er kann sich an vieles erinnern: seine Kindheit, seine Familie, seine Ausbildung, seine Arbeit, seine Freunde. Eigentlich weiß er alles von früher. Doch die letzten neun Monate vor seinem Unfall sind aus seinem Gedächtnis praktisch ausgelöscht. Er weiß nichts mehr darüber. Seine letzten Erinnerungen beschäftigen sich mit dem Tod seines Vaters und der Übernahme der Firma. Der Familie Carter gehört nämlich ein großes Textilunternehmen.«

Justus nickte. »Das weiß ich bereits.«

»Soso.« Mr Montgomery blies einen Rauchring in die Luft. »Alles, was danach passierte, das gesamte Dreivierteljahr vor dem Unfall – ist weg. Für ihn ist es, als hätte es diese Zeit nie gegeben. Man nennt das retrograde Amnesie. Die Verletzung des Gehirns durch den Unfall hat die Amnesie verursacht. Die Ärzte in der Klinik haben versucht, seine Erinnerung zurückzuholen, aber offensichtlich ohne Erfolg. Und genau das ist das Problem. Mr Carter ist nicht in der Lage, ein neues Leben anzufangen. Er will unbedingt seine Vergangenheit wiederfinden und steigert sich völlig in diese Suche hinein.«

»Aber das müsste doch ganz einfach sein«, meinte Justus. »Er hatte doch bestimmt Freunde in dieser Zeit, Verwandte!

Oder Leute aus seiner Firma. Die müssten doch wissen, was er in dieser Zeit getrieben hat.«

Montgomery nickte. »Das schon. Im Krankenhaus haben ihn auch alle alten Freunde und Verwandte besucht und versucht, ihn an die letzten Monate zu erinnern. Aber es funktionierte nicht. Und irgendwann wollte er sich von ihnen auch nichts mehr sagen lassen. Enid vertraute mir an, dass er völlig verzweifelt sei. Alle möglichen Leute erzählten ihm Dinge, die er angeblich erlebt haben sollte, aber für ihn waren das vollkommen fremde Erlebnisse. Er hatte den Eindruck, man wollte ihn mit Erinnerungen füttern, die gar nicht seine waren. Das führte dazu, dass er sich immer weiter zurückzog und niemanden mehr sehen wollte. Dann kam schließlich der Tag seiner Entlassung. Enid begleitete ihn nach Hause. Doch der Anblick der Zimmer war ein Schock für ihn: Er muss wohl in der Zeit vor dem Unfall seine gesamte Inneneinrichtung geändert haben. Mr Carter erkannte zwar das Haus selbst und die einzelnen Räume wieder, doch die Möbel, die Bilder, sein gesamter privater Besitz erschien ihm so fremd, als gehörte er überhaupt nicht ihm.«

»Aber die Sachen haben ihn auch nicht an seine Vergangenheit erinnert?«

»Nein. Im Gegenteil. Je mehr um ihn herum passierte, je mehr er aus dieser verlorenen Zeit sah oder über jene Monate hörte, desto mehr brachte ihn das durcheinander. Er war besessen davon, die Erinnerung wiederzuerlangen. Aber gleichzeitig glaubte er, dass alles, was ihm ein Hinweis sein könnte – Menschen, Gegenstände, Geschichten –, ihn nur ablenken würde. Enid hatte darunter am meisten zu leiden. Deshalb kam sie auch immer zu mir, um mir davon zu erzählen. Einmal hat er zu ihr gesagt: ›Enid, manchmal glaube ich, mich wirklich erinnern zu können. Doch dann weiß ich nicht mehr, was echte Erinnerung ist und woran ich nur glaube, mich zu erinnern. Alles stürzt auf mich ein, alles um mich herum verwirrt mich so sehr. Aber das ist der falsche Weg. Ich brauche Ruhe und Frieden, um der Wahrheit auf die Spur zu kommen. Ich muss einen wachen Geist haben, klar und unverfälscht.‹«

Der Erste Detektiv nickte langsam. »Das erklärt einiges.«

»Tatsächlich? Was meinst du?«

»Seit ich Mr Carters Haus gestern Abend betrat, frage ich mich, wie jemand so leben kann: Nicht nur in völliger Abgeschiedenheit, sondern auch so … karg. Das Haus ist praktisch leer. Ich nehme an, Mr Carter hat nach seiner Rückkehr aus der Klinik alle Möbel und anderen Gegenstände fortschaffen lassen, damit sie ihn auf der Suche nach seiner Erinnerung nicht durcheinanderbringen.«

Mr Montgomery drückte seine Zigarette aus. »So ist es. Und nicht nur das. Das Personal, das praktisch ein halbes Jahr lang arbeitslos gewesen war, kehrte geschlossen zurück, um ihn willkommen zu heißen. Er hat sie gleich am ersten Tag alle entlassen, weil er sich nicht mehr an sie erinnern konnte und der Meinung war, dass er ihnen daher auch nicht trauen könne. Stattdessen hat er kurz darauf uns eingestellt, Albert und mich.«

»Dann war die Geschichte mit dem Tafelsilber vorhin also Blödsinn.« Montgomery grinste verlegen. »Ja.«

»Aber zurück zu Mr Carter: Seine ganzen Maßnahmen haben ihm nichts gebracht, oder?«
»Bisher nicht, nein. Seit seiner Rückkehr streift er nur rastlos durchs Haus. Er geht kaum raus, er liest nicht, er hört keine Musik. Enid ist die Einzige, die er wirklich an sich heranlässt. Manchmal. Er jagt seiner Erinnerung nach. Alles, was ihn dabei stört, wird ausgeschaltet. Er kann keinen Lärm ertragen. Zum Teil ist seine Geräuschempfindlichkeit wohl eine Folge des Unfalls. Er könnte trainieren, sich wieder an laute Geräusche zu gewöhnen. Aber er will nicht. Ich bin sicher, er hätte auch mich niemals eingestellt, wenn er mich nicht brauchen würde, um das Grundstück in Schuss zu halten.« Mr Montgomery schüttelte den Kopf. »Er führt ein armseliges Leben. Enid redet täglich auf ihn ein, dass er seine fixe Idee endlich begraben und ein neues Leben beginnen soll, aber es bringt nichts. Und jetzt ist seine Besessenheit wohl noch schlimmer geworden. Enid erzählte etwas von einem Brief, der ihn völlig aus der Fassung gebracht hätte. Aber darüber weiß ich nichts Genaues.«
Der Gärtner schwieg und Justus hatte keine Fragen mehr. Er dachte über das eben Gehörte nach und versuchte sich vorzustellen, was das für ein Gefühl sein musste, wenn einem plötzlich neun Monate seines Lebens gestohlen wurden.
Er konnte es nicht.
»Und du arbeitest also für Mr Carter, sagtest du?«, wechselte Mr Montgomery das Thema.
»Ja.«
»Und was ist das für eine Art Arbeit?«
»Nun ja, ich soll etwas für ihn suchen.«

»Was denn?«
»Das weiß ich selbst noch nicht so genau. Wir sind bisher nicht dazu gekommen, die Details zu besprechen.«
Montgomery zuckte mit den Schultern und sprang von der Werkbank. »Ich glaube, ich sollte langsam mit der Arbeit beginnen. Ich habe viel zu viel geredet. Bitte erzähl niemandem, dass du das alles von mir hast. Am Ende bekommt Enid noch Ärger und das möchte ich nicht. Sie ist eine nette Person, die sich unglücklicherweise in einen sehr, sehr merkwürdigen Kauz verliebt hat.«
»Meine Lippen sind versiegelt«, versprach Justus. »Aber eine Frage hätte ich noch.«
»Ja?«
»Haben Sie schon einmal etwas von den sieben Toren gehört?«
»Sieben Tore? Was soll das sein?«
Justus zuckte mit den Schultern. »Es hat etwas mit dem Auftrag von Mr Carter zu tun. Ich hatte gedacht, nachdem Sie so viel über ihn wissen, könnten Sie vielleicht etwas damit anfangen.«
»Tut mir Leid, Justus, nie gehört.«
»Na schön. Beantworten Sie mir noch eine Frage?«
»Kommt drauf an.«
»Wie lange waren Sie schon auf dem Grundstück, als Sie mich entdeckten?« Mr Montgomery lachte. »Das ist ja wie bei einem Polizeiverhör! Na schön. Ich bin gerade erst gekommen. Ich habe das äußere Tor aufgeschlossen, ging auf den Schuppen zu und sah dich am Abgrund stehen.«
»Apropos Abgrund: Waren Sie schon mal unten am Strand?«

»An welchem Strand?«

»Der Strand unterhalb des Hauses.«

»Ach, du meinst diesen kleinen Kieselstreifen, der nur bei Ebbe auftaucht? Himmel, nein. Da kommt man doch gar nicht hin, oder? Es sei denn, man ist ein guter Kletterer.« Montgomery warf ihm einen abschätzigen Blick zu.

»Ich weiß schon, was Sie sagen wollen«, winkte Justus ab. »Ich sehe nicht wie ein guter Kletterer aus. Was soll ich sagen? Der Schein trügt nicht. Keine Sorge, ich werde nicht versuchen, dort hinunterzukraxeln. Eine letzte Bitte habe ich aber noch.«

»Ich hoffe, danach darf ich mit meiner Arbeit beginnen?«

»Selbstverständlich. Ich habe mich versehentlich ausgesperrt. Haben Sie zufällig einen Schlüssel zum Haus?«

Der Gärtner lächelte. »Zufällig ja. Das heißt: Eigentlich habe ich keinen. Aber beim Aufräumen des Schuppens habe ich einen Zweitschlüssel gefunden. Mr Carter muss ihn wohl mal hier deponiert haben. Wenn du mir versprichst, ihn mir sofort zurückzugeben …«

»In Ordnung.«

Montgomery ging zu einem Holzregal, in dem Dutzende alter, dreckiger Blumentöpfe in unterschiedlichen Größen standen. Er hob einen davon hoch, zog einen Schlüssel darunter hervor und warf diesen Justus zu.

»Danke!« Der Erste Detektiv verließ den Schuppen, ging zum Haus hinüber, öffnete die Tür und legte diesmal augenblicklich einen Stein dazwischen. Dann kehrte er zurück und brachte Montgomery den Schlüssel wieder.

»Ich wünsche dir einen schönen Tag, Justus. Viel Erfolg bei der Arbeit, was immer du da genau machst.«

»Gleichfalls, Mr Montgomery. Wir werden uns bestimmt noch über den Weg laufen.«

»Das denke ich auch.«

Als Justus zum Haus zurückkehrte, ging gerade die Sonne auf. Die unheimliche Atmosphäre, die noch vor wenigen Stunden über dem Anwesen gelegen hatte, hatte sich gemeinsam mit der Dunkelheit verflüchtigt. Das Haus wirkte, von dem riesenhaften Eingangstor mal abgesehen, fast wie ein ganz normales Haus. Justus war nur noch ein ganz kleines bisschen mulmig zu Mute, als er die Tür öffnete, den Kieselstein wegkickte und das Haus betrat.

Im Innern war es noch fast dunkel. Die Sonne stand noch nicht hoch genug, um die Halle zu erhellen. Justus tastete sich vorsichtig die Treppe empor – und fiel vor Schreck fast wieder herunter, als sein Blick auf die dunkle Gestalt fiel, die wie aus dem Nichts aufgetaucht war und sich am oberen Ende der Treppe vor ihm aufbaute.

Machtkampf

»So früh schon unterwegs, Justus Jonas?«
»Haben Sie mich erschreckt, Mr Carter!«
»Ich dachte, ein guter Detektiv sei immer wachsam.«
»Ich habe Sie nicht gehört. Die dicken Teppiche schlucken jedes Geräusch.«
»Das sollen sie auch.« Casper Carter trug den gleichen schwarzen Anzug wie am Tag zuvor. Justus überlegte, ob der Hausherr als »Nachtmensch« überhaupt geschlafen hatte. »Du warst doch nicht etwa die ganze Nacht unterwegs, oder?«
Justus schüttelte den Kopf. »Ich bin früh wach geworden und habe mich ein wenig umgesehen.«
»Ich bin gespannt auf deinen Bericht.« Ein dünnes Lächeln umspielte Carters Lippen. »In einer halben Stunde gibt es Frühstück im Speisesaal.« Er drehte sich um und verschwand in einem der Gänge.

Das Frühstück war eine karge Angelegenheit: Justus und Mr Carter saßen sich in einer viel zu großen Halle an einer langen Tafel gegenüber, aßen Weißbrot und tranken bitteren schwarzen Tee. Kein Zucker. Als Brotbelag gab es eine Sorte Käse und eine Sorte Marmelade. Das war alles.
Tante Mathilda machte jeden Morgen entweder Spiegeleier oder ein Omelett oder etwas anderes. Im Hause Jonas gab es Cornflakes und Orangensaft und mindestens drei Sorten

Marmelade, die Erdnussbutter nicht zu vergessen. Im Vergleich dazu war das hier Gefängnisfraß. Justus konnte so viel Tee trinken, wie er wollte, die Bissen blieben ihm trotzdem im Hals stecken. Er fühlte sich äußerst unwohl. Mr Carter wollte Ergebnisse hören. Doch er hatte keine. Über die sieben Tore hatte er so gut wie nichts herausgefunden. Wenn er es nicht sehr geschickt anstellte, würde Carter ihn nach dem Frühstück vor die Tür setzen. Er brauchte eine Strategie. Etwas, das Mr Carter davon überzeugte, dass die drei ??? die Richtigen für diese Aufgabe waren. Aber wie sollte er das anstellen?

Draußen stand die Sonne inzwischen hoch genug, um das Haus in helles, freundliches Licht zu tauchen, doch Mr Carter hielt es für besser, die schwarzen Vorhänge vor den Fenstern zu lassen und im Halbdunkeln zu essen. Nicht dass es viel zu sehen gegeben hätte: Wie alle anderen Räume war auch dieser abgesehen vom Tisch nahezu leer. Nur ein riesiger altmodischer Kronleuchter hing von der Decke und staubte vor sich hin.

Hin und wieder schlich Albert durch den Saal und sah nach, ob noch genügend Tee in der Kanne war. Jedes Mal, wenn er das tat, warf er Justus einen finsteren Blick zu, als wollte er sagen: Du bist ja immer noch hier.

»Nun«, sagte Mr Carter schließlich und trank einen Schluck Tee. »Wie hast du geschlafen?«

»Gut. Aber wenig«, gab Justus zu. »Ich … hatte schließlich zu tun.«

»Ich weiß. Und?«

»Es gibt ein Wandbild im großen Salon, das ein Tor zeigt«,

antwortete Justus und kam sich dabei völlig dämlich vor. »Aber das wissen Sie sicher.«
»In der Tat«, antwortete Carter eisig. »Wenn das alles ist – wann, sagtest du, wirst du von deinen Freunden abgeholt?«
»Ich habe etwas beobachtet«, sagte Justus schnell. »Heute früh, es war noch dunkel. Da schlich ein Mann unten am Wasser herum. Sie wissen schon, an dem kleinen Kieselstrand, der nur bei Ebbe betretbar ist.«
Mr Carter starrte ihn düster an. »Dieser Mann schlich nicht herum. Er genoss den Anblick und den Geruch des nächtlichen Ozeans. Das war ich.«
»Oh.«
»Ich erwähnte bereits, dass ich ein Nachtmensch bin, nicht wahr?« Wütend warf Carter die unbenutzte Serviette auf den Teller und erhob sich abrupt. »Ich wusste, dass ich meine Zeit mit dir verschwende. Du kannst gerne das Telefon benutzen und deine Freunde anrufen, damit sie eher kommen.«
Carter strebte auf den Ausgang zu. Justus musste etwas tun!
»Glauben Sie, Sie finden Ihre Erinnerung wieder, indem Sie nachts aufs Meer starren?«
Carter versuchte, seinen Schock so gut wie möglich zu verbergen. Doch Justus sah genau, wie er zusammenzuckte. Der Hausherr verlangsamte seinen Schritt und blieb an der Tür stehen. Er drehte sich um. »Woher weißt du davon?«
»Ich sagte doch, ich habe Sie vom Fenster aus beobachtet.«
»Spiel hier nicht das Unschuldslamm!«, zischte Carter. »Du weißt, wovon ich rede! Wer hat es dir erzählt? Enid? Hat sie sich bei dir über mich beschwert? Oder hast du sie ausgequetscht?«

Justus schüttelte den Kopf. »Ich kenne keine Enid.« Und das war nicht einmal gelogen.
»Wer hat es dir sonst erzählt?«
»Mr Carter, glauben Sie ernsthaft, ich würde unvorbereitet zu einem Klienten fahren, wenn sich mir bereits beim ersten Telefongespräch berechtigte Zweifel aufdrängen? Sie wollten, dass ich allein zu Ihnen komme. Das ist ein riskantes Unterfangen. Also habe ich einige Nachforschungen angestellt. Inzwischen weiß ich, warum Sie lieber allein mit mir sprechen wollten. Sie verabscheuen es, zu viele Menschen um sich herum zu haben. Eine Folge Ihres Unfalls und Ihrer daraus resultierenden psychischen Verfassung.« Justus lehnte sich zurück und beobachtete zufrieden, wie Carters Augen immer größer wurden und er verzweifelt nach Worten rang. Doch dann verdüsterte sich sein Gesicht.
»Wer?«, knurrte er.
»Das ist vollkommen irrelevant. Sie weihen mich nicht in Ihr Geheimnis ein, wieso sollte ich es dann umgekehrt tun?« Justus erhob sich von seinem Stuhl.
»Ich werde nun meine Sachen packen und meine Kollegen bitten, mich früher abzuholen.« So cool wie möglich ging Justus an Mr Carter vorbei aus dem Speisesaal. Carter hielt ihn nicht zurück. Er ließ ihn widerspruchslos gehen. Und damit tat er leider ganz und gar nicht das, worauf Justus spekuliert hatte. Der Erste Detektiv verfluchte sich selbst. Er hatte zu hoch gepokert! So einfach war Carter nicht zu beeindrucken. Doch jetzt hatte er seinen Trumpf ausgespielt. Das war es dann wohl.
Auf dem Weg nach oben begegnete ihm Albert, der ihn wie

üblich abschätzig anstarrte. Diesmal war Justus jedoch mindestens ebenso übellaunig. »Ich brauche mal Ihr Telefon. Jetzt.«

»Ich muss erst Mr Carter –«

»Ich versichere Ihnen, dass es ganz in Mr Carters Sinne ist, wenn ich telefoniere«, unterbrach Justus ihn schroff.

Albert erwiderte nichts mehr. Wenigstens diesen Machtkampf hatte Justus gewonnen.

»Justus! Hängst du schon wieder am Computer? Wieso kommst du denn nicht zum Frühstück, wenn du schon wieder zurück bist?«

»Das hat uns gerade noch gefehlt«, stöhnte Peter und blickte auf die Uhr. Zehn nach acht. »Tante Mathilda.«

»War ja klar, dass sie hier irgendwann auftaucht«, meinte Bob. Er wandte den Blick vom Bildschirm ab und sah aus dem Fenster. »Großartig, sie kommt hierher.«

»Und was jetzt? Was sollen wir ihr sagen?«

»Gar nichts«, raunte Bob. »Besser gesagt: Du sagst gar nichts. Lass mich mit ihr reden. Ich mach das schon irgendwie.«

Es klopfte. Dann wurde die Tür zur Zentrale geöffnet und Mathilda Jonas streckte ihren Kopf herein. »Ach, ihr schon wieder. Wo ist Justus?«

»Er musste noch mal schnell weg.«

»Soll das heißen, er war schon hier?«

»Ja. Gerade eben noch. Wir sind gleich verabredet.«

»Ich denke, er hat bei dir geschlafen!«

»Na ja …«, drückte Bob sich um eine Antwort herum. »Wir mussten jedenfalls noch mal in die Zentrale, um etwas zu recherchieren. Aber wir treffen Justus in zwei Stunden wieder.«

Tante Mathildas Gesicht verdüsterte sich. »Und das soll ich dir glauben?«
»Äh …«
»Ich hatte doch Recht, nicht wahr? Ihr steckt wieder in Schwierigkeiten mit eurem Detektivkram!«
»Nein, Mrs Jonas!«, beteuerte Peter so überschwänglich, dass nicht einmal ein Kleinkind es ihm abgenommen hätte. »Bestimmt nicht!«
»Und warum sitzt ihr dann hier herum, als würdet ihr darauf warten, dass euer neuer Auftraggeber anruft oder so was?«
»Sie täuschen sich, Mrs Jonas. Wir müssen nur was im Internet nachsehen. Wir sind auch gleich weg«, versprach Bob treuherzig.
Doch Tante Mathilda hörte ihm gar nicht zu. Sie schüttelte nur den Kopf. »Ich werde mal ein ernstes Wort mit meinem Neffen sprechen müssen. Wenn ihr ihn seht, dann sagt ihm, dass er sich auf eine Gardinenpredigt gefasst machen kann! Ständig muss ich mir Sorgen machen. Und dieses nächtelange Herumstreunen hört mir auch auf! Glaubt ihr etwa, ich weiß nicht, was ihr treibt, wenn der eine beim anderen übernachtet? Wahrscheinlich seid ihr bis zum Morgengrauen unterwegs und jagt irgendwelchen Hirngespinsten nach! Haltet ihr mich etwa für völlig unterbelichtet?«
Bob und Peter starrten sie mit offenen Mündern an.
»Wenn der Junge nicht schon zu alt dafür wäre, würde ich ihm Hausarrest geben«, brummte Tante Mathilda, warf wütend die Tür zu und stapfte zurück zum Wohnhaus.
»Wow«, sagte Peter. »Die war echt sauer.«
Bob nickte. »Und sie ist zudem erstaunlich hellsichtig. Ich

hoffe nur, dass meine Eltern nicht genauso viel blicken wie Justus' Tante.«

»Du solltest sie besser nicht unterschätzen. Eltern blicken oft mehr, als einem lieb ist. Ich spreche aus Erfahrung. Letzte Woche habe ich den Wagen meines Vaters stibitzt. Nur ganz kurz. Mein MG hatte keinen Sprit mehr. Und was war? Mein Vater hat es mir sofort an der Nasenspitze angesehen.«

»Ist er denn jetzt vollgetankt?«

»Mein Vater? Na hör mal, was denkst du denn über meine Familie!«

»Dein MG, du Blödmann.«

»Ja.«

»Gut. Wir müssen nämlich in einer halben Stunde los, um Justus abzuholen.« Das Telefon klingelte. Bob nahm ab. »Bob Andrews von den drei Detektiven?«

»He, das ist mein Spruch!«

»Hi, Just! Was gibt's? Eine Änderung der Pläne?«

»Das kann man wohl sagen. Ihr könnt mich sofort abholen.« Justus klang niedergeschlagen.

»Was ist denn los?«

»Nichts. Ich glaube, ich hab's vermasselt.«

»Vermasselt?«

»Frag nicht, fahrt einfach los.«

»Okay, machen wir. Bis nachher!« Bob legte auf.

»Was war denn los?«, fragte Peter.

»Keine Ahnung. Justus klang gar nicht gut. Wir brechen besser sofort auf.« Bob fuhr den Computer herunter und schnappte seine Jacke.

Sie waren schon auf dem Weg nach draußen, da kehrte der

dritte Detektiv noch einmal zurück und griff nach einer Mappe, die auf dem Schreibtisch lag. Das waren die Ergebnisse seiner Recherchen. Wie er Justus kannte, würde er sich sofort darauf stürzen wollen. Vorausgesetzt, es interessierte ihn noch.

Der Brief

Es würde noch knapp eine Stunde dauern, bis Peter und Bob ankamen. Doch Justus wollte nicht mehr länger als nötig in Carters Haus verweilen. Es war ihm nicht gelungen, Carter zu überzeugen. Wozu sollte er sich also weiter dieser Demütigung aussetzen und bleiben? Er war frustriert und wütend und beschloss, sich gleich zu verabschieden und an der Straße auf seine Freunde zu warten. Carter würde das kaum stören.

Die Tasche war schnell gepackt. Justus fand den Hausherrn in seinem verdunkelten Arbeitszimmer, wo er vor dem Terrarium stand und die regungslose Schlange beobachtete.

Justus räusperte sich, doch Mr Carter drehte sich nicht zu ihm um. »Ich bin gekommen, um mich zu verabschieden.«

Carter nickte. »Du kennst ja den Weg.«

Justus wurde wütend. Mr Carter war nicht nur unfair, sondern auch extrem unhöflich! »Ich bin gespannt, ob Sie jemanden finden, der Ihr Rätsel lösen kann. Und ob Sie einem Erwachsenen die gleiche Skepsis entgegenbringen und ihm diese schier unlösbare Aufgabe stellen werden.«

Nun drehte sich Mr Carter doch zu ihm um. »Du hattest deine Chance, dich zu beweisen. Und du hast versagt.«

»Es war aber keine faire Chance!«, begehrte Justus auf. »Niemand hätte es geschafft, die sieben Tore zu finden, ohne zu wissen, worum es überhaupt geht!«

»Behauptet der Verlierer«, fügte Carter kühl hinzu.

Justus kochte. Und in diesem Augenblick hatte er eine Eingebung. Er erinnerte sich an etwas, das Mr Montgomery gesagt hatte. Etwas, das möglicherweise rein gar nichts mit diesem Fall zu tun hatte. Möglicherweise aber auch sehr viel. Ein Schuss ins Blaue. Es war einen Versuch wert. Wenn Carter nicht darauf ansprang, konnte Justus sich immer noch umdrehen und einfach verschwinden. Dann war der Fall abgehakt. Aber vielleicht …

Justus schoss seinen Pfeil ab: »Sie hätten mir wenigstens von dem Brief erzählen können.«

Carter zuckte zusammen und riss die Augen auf. Mitten ins Schwarze!

»Von welchem Brief?«

»Sie wissen genau, wovon ich spreche«, mutmaßte Justus. Er selbst hatte nämlich nicht die geringste Ahnung.

»Woher weißt du von dem Brief?«

»Detektivarbeit, Mr Carter«, antwortete Justus bissig. »Der Grund, warum Sie mich angerufen haben. Aber Sie sind nach eingehender Prüfung ja der Ansicht, meine Arbeit sei nicht gut genug für Sie. Wie Sie meinen. Sie hatten Ihre Chance.«

Justus sah Mr Carter sprachlos. Gut. Er wandte sich zum Gehen. Ob Carter ihn diesmal aufhielt oder nicht, war ihm jetzt egal. Der Erste Detektiv hatte das letzte Wort gehabt und fühlte sich schon viel besser.

»Warte, Justus Jonas!«

»Warum?«

»Weil ich wissen will, wie du so viel in einer Nacht herausfinden konntest. Hast du etwa in meinem Büro herumgeschnüffelt?«

»Nein. Es war abgeschlossen, wie Sie wissen. Wie ich es herausgefunden habe? Das ist ganz einfach, Mr Carter: Es ist mein Job, Dinge herauszufinden. Ich habe mich jahrelang eingehend mit dieser Materie beschäftigt. Die Details sind selbstverständlich ein Berufsgeheimnis, das ich nicht mit Ihnen teilen werde. Dafür haben Sie sicher Verständnis. Ich bin –«

»Na schön!«, unterbrach Carter ihn schroff. »Schon gut, schon gut. Du hast mich überzeugt. Du bist engagiert.«

»Ach.«

»Ja. Zufrieden?«

»Sie sollten mit dieser Entscheidung zufrieden sein, Sir, nicht ich.«

»Das wird sich noch herausstellen. Und jetzt sag mir, wie du die Sache mit meinem Unfall und dem Brief herausgefunden hast!«

Justus stellte die Tasche ab und setzte sich auf das Sofa.

»Uninteressant. Viel wichtiger wird sein, welche Informationen meine Kollegen Peter Shaw und Bob Andrews in einer Dreiviertelstunde mitbringen werden.« Carter stutzte. »Was soll das heißen? Was für Informationen sollten deine … Kollegen schon haben? Sie waren doch noch gar nicht hier.«

»Ich habe sie per Telefon instruiert, einige Dinge zu recherchieren«, erklärte Justus knapp. »Wir sollten die Zeit bis zu ihrer Ankunft nutzen, um noch einmal alles durchzusprechen.«

»Du scheinst doch schon alles zu wissen.«

»Vermutlich ist das auch der Fall«, gab der Erste Detektiv gelassen zurück.

»Doch möglicherweise haben sich bei meinen Nachforschungen kleine Fehler eingeschlichen, daher wäre es besser, wenn

Sie mir Ihre Geschichte noch einmal aus erster Hand erzählen. Nur so kann ich sicher sein, alles richtig verstanden zu haben. Also, wie war das genau mit dem Brief?«

Mr Carter blickte ihn einen Moment unschlüssig an. Er sah aus, als würde er seine Entscheidung, die drei ??? an dem Fall arbeiten zu lassen, schon wieder bereuen. Doch dann gab er sich einen Ruck. »Einen Augenblick! Ich werde ihn dir zeigen!« Er verließ den Raum und kam kurze Zeit später mit einem Umschlag in der Hand zurück, den er Justus reichte. »Ich habe keine Ahnung, wer mir den geschickt hat. Oder warum. Der Absender muss jemand sein, den ich in den neun Monaten kennen gelernt habe, an die ich mich nicht mehr erinnern kann. Alles andere ergibt keinen Sinn. Aber was rede ich da, das weißt du ja sicherlich schon längst alles.«

Justus hatte nichts davon gewusst, doch jetzt musste er den Bluff durchhalten. Er nickte und betrachtete den Briefumschlag eingehend. Er war mit einem bedruckten Adressaufkleber versehen. Das weiße Papier war fleckig. Es sah aus, als hätte Mr Carter ihn schon oft in der Hand gehabt. »Wann ist der Brief angekommen?«

»Vor zehn Tagen. Ganz normal mit der Post.«

Justus begutachtete den Poststempel. »Er ist hier in der Nähe aufgegeben worden.«

»Was du nicht sagst. Für solcherlei Erkenntnisse benötige ich nun wirklich keinen Detektiv.«

Justus zog den Brief aus dem Kuvert. Es hatte wohl keinen Zweck mehr, wegen möglicher Fingerabdrücke vorsichtig zu sein. Falls es welche gegeben hatte, waren sie durch Carter längst verwischt worden.

Der Brief war ein Computerausdruck. Darauf stand:

Wenn du deine Erinnerung zurückhaben willst, Casper, dann beginne in deinem eigenen Haus. Such das Versteck, das von den sieben Toren bewacht wird, und du wirst etwas finden, das dir all deine Fragen beantwortet!

Justus ließ den Brief langsam sinken. »Und Sie haben nicht einmal einen Verdacht, wer Ihnen das geschickt haben könnte?«

»Nein.«

»Oder was es mit den sieben Toren auf sich hat?«

»Bräuchte ich sonst einen Detektiv?«

»Ich nehme an, Sie haben trotzdem nach den Toren gesucht.«

»Da gibt es nicht viel zu suchen«, antwortete Carter gereizt. »Ich wohne seit vielen Jahren in diesem Haus. Ich kenne jeden Winkel. Die einzigen Tore, die es gibt, sind das Gartentor und das Eingangstor. Wenn man die Doppelflügeltüren im Haus hinzuzählt, dann kommen noch die zum großen Salon und zum Speisesaal hinzu. Damit wären wir bei vier.«

»Und dann ist da noch die Wandmalerei im Salon«, fügte Justus hinzu. »Fünf.«

»Und was soll das Wandbild mit dem Rätsel zu tun haben?«

»Das weiß ich nicht. Aber mich würde es wundern, wenn es da keinen Zusammenhang gäbe. ›Beginne in deinem eigenen Haus‹ …« Justus zupfte an seiner Unterlippe. »Das ist in der Tat kniffelig. Glauben Sie denn an das, was in diesem Brief steht?«

»Was meinst du damit, ob ich daran glaube?«

»Denken Sie wirklich, dass Sie Ihr Gedächtnis wiedererlangen werden, wenn Sie das Versteck finden?«

»Das weiß ich nicht!«, brauste Carter auf. »Aber ich habe schon eine Menge unternommen, um meiner Erinnerung auf die Sprünge zu helfen. Nichts davon hat funktioniert. Dieser Brief ist meine letzte Chance. Und ich werde sie nicht einfach ignorieren. Ich muss diese sieben Tore finden, hörst du!«

Justus nickte. »Wir werden unser Bestes geben.« Doch in Gedanken war er bereits einen Schritt weiter. Carter sah nur diesen Brief. Für ihn war das Stück Papier ein Hoffnungsschimmer, fast schon ein Versprechen, an das er sich klammerte wie ein Ertrinkender an einen Strohhalm. Er sah nicht, dass der Brief möglicherweise etwas ganz anderes bedeutete. Doch Justus sprach seine Zweifel nicht aus. Was ihm durch den Kopf ging, würde er mit Bob und Peter besprechen, nicht mit Mr Carter. Abrupt wechselte er daher das Thema: »Sie sagten, Sie seien letzte Nacht am Strand gewesen.« Mr Carter war irritiert. »Ja.«

»Wie sind Sie dorthin gekommen? Ich habe keinen Weg entdeckt, der nach unten ans Wasser führt.«

»Es gibt auch keinen. Wenigstens keinen, der von draußen begehbar ist. Man muss durch den Keller gehen. Dort gibt es eine Treppe, die hinunter ans Meer führt.«

»Würden Sie mir diese Treppe zeigen?«

»Wozu?«

Justus seufzte. »Mr Carter. Wenn ich sieben Tore finden soll, die in diesem Haus versteckt sind, dann muss ich das Haus mindestens so gut kennen wie Sie. Und der Keller gehört nun mal dazu. Ganz abgesehen davon neigen die Schlüssel zu Rätseln und Geheimnissen dazu, in Kellern versteckt zu sein. Dachböden sind auch sehr beliebt, doch dieses Haus hat leider keinen. Also der Keller.«

»Du wirst dort keine Tore finden«, prophezeite Mr Carter.

»Diese Erfahrung würde ich gern selber machen.«

»Na schön«, seufzte Carter. »Ich werde dir nachher den Schlüssel zum Keller geben, dann kannst du dich mit deinen Freunden dort in aller Ruhe umsehen. Ich rate dir nur eines: Macht keinen Krach! Und lasst euch nicht einfallen, zu dritt um mich herumzuspringen, oder was Kinder – Verzeihung, Jugendliche – in eurem Alter sonst so zu tun pflegen.«

»Wir werden ganz sicher nicht um Sie herumspringen und bei unserer Arbeit Rücksicht auf Sie nehmen, Sir.«

»Das will ich hoffen.«

»Seien Sie unbesorgt.«

Alles und nichts

Als Bob und Peter das Haus von Mr Carter erreichten, wartete Justus bereits auf sie. Sie stiegen aus dem Wagen und gingen auf das Gartentor zu. Justus stand auf der anderen Seite.
»He, Just!«, rief Peter. »Na, du lächelst ja wieder. Wir hatten schon befürchtet, die ganze Rückfahrt deine schlechte Laune ertragen zu müssen. Was ist, kommst du?«
Der Erste Detektiv schüttelte den Kopf. »Wir bleiben noch ein bisschen.«
»Wir bleiben?«, fragte Bob. »Was soll das heißen? Ich dachte, der Fall sei abgehakt.«
»Ich habe ihn soeben wieder aufgenommen.«
»Wie das?«
»Ich konnte Carter von meiner Genialität überzeugen. Kommt rein!«
Er öffnete die Pforte und Bob und Peter betraten das Grundstück. »Wow, nicht schlecht, der Bunker«, sagte Peter, als sie langsam auf das Haus zugingen. »Das ist ja eine richtige Burg!«
Justus grinste. »Ich wusste, dass du das sagen würdest.«
»Aber sie sieht ein bisschen finster aus.«
»Warte, bis du drinnen bist. Dann weißt du, was finster ist.«
»Nun erzähl erst mal, was überhaupt passiert ist!«, forderte Bob. »Wir wissen von gar nichts.«
»Okay, ich weiß auch schon einen guten Platz dafür.« Justus

verließ den Pfad, der durch die Wildwiese auf das Haus zuführte, und ging am Gebäude vorbei zu den Klippen.
»Was ist, gehen wir nicht rein?«, fragte Peter.
»Nein.«
»Warum nicht? Sollten wir nicht erst mal Mr Carter kennen lernen?« Justus lachte. »Ich glaube, er ist ganz froh, wenn er euch vorerst nicht begegnet.«
»Was hast du ihm denn von uns erzählt?«, empörte sich Peter.
»Gar nichts. Aber Carter ist ziemlich seltsam. Und sehr menschenscheu. Mehr als zwei Leute in einem Raum sind für ihn schon ein Getümmel. Er hat sich zurückgezogen. Vielleicht treffen wir ihn später. Und ich bin ehrlich gesagt ganz froh, mal aus diesem düsteren Klotz rauszukommen und blauen Himmel über mir zu haben.«
Sie erreichten die Steilwand. Das Meer war heute ruhig und glitzerte in der Sonne. Ein frischer Wind fuhr vom Ozean die Klippe empor und wehte ihnen von unten ins Gesicht.
»Schicker Platz, um ein Haus zu bauen«, fand Peter, setzte sich ins Gras und ließ die Beine über den Abgrund baumeln. Die anderen gesellten sich zu ihm. Und dann erzählte Justus, was sich seit seiner Ankunft in Casper Carters Haus ereignet hatte. Er genoss es, endlich wieder mit seinen Freunden zusammen zu sein und seine gewohnte Rolle als Anführer der drei Detektive einzunehmen. Erst jetzt merkte er, wie unwohl er sich allein gefühlt hatte. Gegen Carters übermächtiges Ego anzukommen war schwierig gewesen. Doch jetzt, mit Bob und Peter in seiner Nähe, die ihm den Rücken stärkten, würde er sich nicht mehr unterkriegen lassen.

Während Justus seine Freunde auf den neuesten Stand brachte, rupfte Bob Grashalme aus und Peter warf kleine Steine in die Tiefe und sah zu, wie sie über die Felsen ins Meer sprangen. »Und durch diese kleine rhetorische Meisterleistung habe ich sogar aus Carter herauskriegen können, was es denn nun mit dem Brief und den sieben Toren auf sich hat. Und er hat nicht einmal bemerkt, dass ich geblufft habe.« Justus lehnte sich zufrieden zurück. »Was sagt ihr?«

»Puh, das ist eine ganze Menge«, fand Bob. »Ich bin mir aber nicht sicher, ob wir dir da weiterhelfen können.«

»Ihr müsst. Ich habe Carter großspurig versprochen, dass ihr mit neuen Erkenntnissen aufwarten könnt. Enttäuscht mich jetzt nicht!«

»Also gut«, begann Bob. »Du hast uns aufgetragen, alles über die sieben Tore herauszufinden. Fakt ist, dass ich alles über die sieben Tore herausgefunden habe, während Peter sich mit Jeffrey am Strand, beim Surfen oder sonst wo vergnügt hat.«

»Na hör mal!«, begehrte Peter auf. »Erstens bist du einfach viel besser in solchen Dingen – ich stände da doch nur im Weg rum – und zweitens: Wenn es drauf ankommt und mal wieder körperliche Höchstleistungen gefragt sind, dann seid ihr jedes Mal sehr froh, mich mit meinen gestählten Muskeln, meiner olympischen Ausdauer und meinen … äh …«

»Gestählten Muskeln?«

»Genau. Zu haben. Das kommt halt nicht von allein. Dafür muss ich trainieren. Also beschwert euch nicht ständig darüber. Jeder hat seine Aufgaben. Und ich erfülle meine sehr gewissenhaft.«

»Kommt zum Punkt, Kollegen! Die sieben Tore: Was hast du herausgefunden, Bob?«

»Alles. Und gar nichts. Was willst du hören?«

»Erst mal alles.«

»Okay, wo fange ich an?« Bob schlug die mitgebrachte Mappe auf und zog einen kleinen Stapel Notizen und Computerausdrucke hervor. »Als Erstes bin ich auf die sieben Tore der babylonischen Schöpfungslegende gestoßen. In dieser Sage muss die Göttin Ischtar auf dem Weg in die Unterwelt sieben Tore durchqueren. Etwas Ähnliches findet sich im Koran, dort führen ebenfalls sieben Tore zur Hölle. Ebenso in den Werken von Dante. Es gibt aber auch religiöse Sagen, in denen sieben Tore in den Himmel führen, nicht in die Hölle.«

Justus nickte langsam. »Ist das alles?«

Bob lachte auf. »Längst nicht! Wenn man sich von den religiös-mythischen Aspekten entfernt, stößt man unweigerlich auf endlos viele Städte, deren Mauern sieben Tore haben: Die sieben Tore von Jerusalem zum Beispiel. Eigentlich sind es acht, aber das achte, verschlossene Tor bleibt nach jüdischem Verständnis der Ankunft des Messias vorbehalten. Es gibt die sieben Tore von Theben, gegen die sieben Helden zogen. Oder wie wäre es mit den sieben Toren nach Jaipur in Indien oder nach Ghadames in Libyen? Der Topkapi-Palast in Istanbul hat auch sieben Tore. Soll ich weitermachen? Die Liste ist endlos!«

»Ich denke, das reicht erst mal. Was gibt es noch?«

»Die Sieben an sich. Diese Zahl hat in praktisch jedem Kulturkreis eine besondere Bedeutung: Rom wurde auf sieben Hügeln erbaut, in der ägyptischen Astronomie ist es die

Summe der beiden Lebenszahlen drei und vier, die sich wiederum in der Form der Pyramide manifestieren, die aus Drei- und Vierecken besteht. Für die Babylonier war die Sieben wichtig, weil der Mond alle sieben Tage in eine neue Phase eintritt. Die Griechen glaubten, dass das Gewölbe der Welt aus sieben Schalen aufgebaut ist. Unsere sieben Wochentage gehen auf sieben Götter zurück, die sich wiederum in den sieben Planeten wiederfinden, die man von der Erde aus mit bloßem Auge sehen kann. In der Bibel gibt es sieben Todsünden, sieben Tugenden und die sieben Sakramente. Nach diesen ganzen Recherchen würde ich fast behaupten, dass die Zahl Sieben der Ursprung der ganzen Welt sein muss. Sie findet sich praktisch überall wieder.« Bob seufzte und ließ seine Notizen sinken. »Und damit wäre ich beim Nichts angekommen: Es gibt unzählige sieben Tore auf der Welt: in der Vergangenheit und in der Gegenwart, im Reich der Sagen und Mythen und in der Realität. Und damit ist der Hinweis eigentlich so gut wie wertlos. Wenn wir nicht noch mehr Anhaltspunkte haben, werden wir nie herausfinden, um welche sieben Tore es hier überhaupt geht.«
Justus seufzte. »Um die in Carters Haus, nehme ich an«, sagte er lahm.
»Du hast dich doch ausgiebig umgesehen. Ich denke, da war nichts. Abgesehen von diesem Wandbild mit der Schlange. Aber das bringt uns irgendwie auch nicht weiter.«
»Das stimmt leider.«
»Ich weiß schon, warum ich mich lieber körperlich als geistig betätige«, sagte Peter nach einem Augenblick des Schweigens. »Da weiß man wenigstens, was man hat.«

»Es war einen Versuch wert«, meinte Justus. »Aber ich sehe ein, dass wir nicht weiterkommen, wenn wir nicht herausfinden, welche sieben Tore gemeint sind. Wir müssen einen Zusammenhang herstellen.«

»Was für einen Zusammenhang?«, fragte Bob.

»Zwischen Mr Carter, dem Haus, den Toren, Carters Unfall und seinem Gedächtnisverlust, dem Brief und dem Verfasser desselben. Denn die sieben Tore sind ja nicht das einzige Rätsel. Mindestens genauso sehr beschäftigt mich die Frage: Wer schreibt Carter einen solchen Brief? Und vor allem: Warum? Was hat der Verfasser davon? Wenn er wirklich etwas weiß, warum teilt er es Carter nicht direkt mit, anstatt es in ein Rätsel zu verpacken? Warum gibt sich der Absender nicht zu erkennen? Das alles sind Fragen, die Mr Carter sich vermutlich noch gar nicht selbst gestellt hat. Er ist so besessen von der Suche nach seiner Vergangenheit, dass er diese Aspekte völlig außer Acht lässt. Damit sollten wir uns beschäftigen.«

»Wir müssen mehr über die Zeit herausfinden, an die Carter sich nicht erinnern kann«, schlug Bob vor. »Die Tatsache, dass Carter nicht auf seine Freunde von damals hört und sich von ihnen zurückzieht, bedeutet ja nicht, dass es unwichtig ist, was sie zu sagen hätten.«

»Exakt«, stimmte Justus zu. »Und wir sollten uns noch mehr um das Haus kümmern. Es gibt da diesen Keller, den ich noch nicht gesehen habe. Vielleicht bringt uns das weiter.«

Peter erhob sich vom Rasen und klopfte Gras und Erde von seiner Hose. »Auf geht's, Kollegen! Worauf wartet ihr noch? Erkunden wir diesen Keller!«

»Moment. Da ist noch etwas.«

»Noch mehr?«, stöhnte Peter. »Mir platzt gleich der Kopf vor lauter neuen Informationen.«

»Nur eine Kleinigkeit. Ich möchte euch bitten, auf Albert zu achten. Dieser Butler ist mir nicht geheuer. Er kann mich nicht ausstehen. Das ist in Ordnung, denn es beruht auf Gegenseitigkeit. Aber da ist noch mehr. Er … er ist kein Butler. Zumindest hat er diesen Job nie gelernt. Seine Art zu sprechen, sich zu bewegen – wenn ich das alles mit Morton vergleiche … der Unterschied könnte nicht größer sein.«

»Morton ist ja auch Chauffeur und kein Butler«, warf Peter ein.

»Trotzdem gehört zu beiden Berufen ein gewisses Maß an grundlegender Höflichkeit, die unabhängig von persönlichen Sympathien vorhanden sein sollte. Bei Albert ist das nicht der Fall. Ich bin mir sicher, dass er diesen Job zum allerersten Mal ausübt. Ich traue ihm nicht über den Weg. Ähnlich ergeht es mir übrigens mit –«

»Du hast inzwischen Verstärkung bekommen!«

Die drei ??? drehten sich um. Durch den Wind und das Meeresrauschen hatten sie nicht mitbekommen, dass sich ihnen jemand von hinten genähert hatte.

»Mr Montgomery!«, sagte Justus und erhob sich. »Ja, habe ich. Darf ich vorstellen, das sind meine Freunde Peter Shaw und Bob Andrews.«

»Sehr erfreut. Helfen sie dir bei deiner Arbeit für Mr Carter?«

»Ganz recht. Und was ist mit Ihnen? Wollten Sie nicht den Rasen mähen?« Justus deutete auf das Gras, das noch immer so hoch stand wie am frühen Morgen.

Daniel Montgomery lachte verlegen. »Ja, wollte ich. Aber als wir heute Morgen im Schuppen saßen, fiel mir auf, wie chaotisch es dort aussieht. Ich habe den ganzen Vormittag damit zugebracht, ihn aufzuräumen. Und in zwei Stunden ist Feierabend, das lohnt sich nicht mehr mit dem Mähen.«
»Na dann«, sagte Justus und wandte sich zum Gehen, »schönen Feierabend!«
»Gleichfalls.«
Die drei ??? entfernten sich von Mr Montgomery. Als sie außer Hörweite waren, fragte Justus: »Sag mal, Peter, du kennst dich doch aus mit Rasenmähen, oder?«
»Oh ja«, stöhnte der Zweite Detektiv, der sich in den Ferien oft Taschengeld dazuverdiente, indem er in der gesamten Nachbarschaft die Gärten mähte.
»Nur zu gut.«
»Hast du jemals davon gehört, dass man Rasen am besten morgens schneiden sollte?«
»Wie bitte? Nee. Wer erzählt denn so etwas?«
»Mr Montgomery.«
»Und warum?«
»Keine Ahnung. Ich habe nur eine Erklärung: Er brauchte schnell eine Ausrede dafür, dass er sich bereits morgens um halb fünf auf dem Grundstück von Mr Carter herumtrieb.«
»Du … du meinst, er ist gar kein Gärtner?«, fragte Bob.
»Er gibt vor, einer zu sein. Genauso wie Albert behauptet, Butler zu sein. Aber als wir uns kennen lernten, habe ich Mr Montgomery die Hand gegeben. Sie war ganz weich. Jemand, der den ganzen Tag mit Spaten und Heckenscheren herumhantiert und in der Erde wühlt, hat feste, harte Hände

von der Arbeit. Wenn ihr mich fragt, hat Daniel Montgomery ebenso wie Albert erst vor kurzem den Job gewechselt.«

Die verbotenen Türen

»Wow«, flüsterte Peter, als sie die Eingangshalle betraten. Trotz des hellen Sonnenscheins draußen fiel gerade so viel Licht durch die winzigen Fenster in den Saal, dass er in unheimliches Dämmerlicht getaucht war. Mit dieser Beleuchtung wirkten die Steinfiguren lebendiger als je zuvor. »Das ist ja echt cool. Wie in einer Geisterbahn. Aber leben möchte ich hier nicht.«

»Dem Himmel sei Dank«, sagte eine der Steinfiguren auf der Galerie mit knarziger Stimme und löste sich aus den Schatten. Es war keine Figur. Es war Mr Carter. Er trat an das Geländer heran und blickte zu ihnen herunter.

»Oh«, sagte Peter, weil er nicht wusste, was er sonst zu dieser Erscheinung sagen sollte.

»Mr Carter«, versuchte Justus die Situation zu retten. »Darf ich Ihnen meine Kollegen vorstellen? Peter Shaw und –«

»Bob Andrews, ich weiß«, unterbrach Carter ihn schroff. »Du hast mir eure Karte bereits gestern gegeben, schon vergessen?« Er warf einen kleinen Gegenstand hinunter. Justus fing ihn geschickt auf. Es war ein Schlüssel. »Das ist der Schlüssel zum Keller. Er ist immer abgeschlossen, damit niemand durch den Ausgang zum Strand ins Haus eindringen kann. Seht euch um, wenn ihr denkt, dass es euch weiterhilft. Aber wagt es nicht, die verschlossenen Türen, die ihr dort unten finden werdet, anzurühren, verstanden?«

»Selbstverständlich, Sir.«
»Und macht keinen Lärm!« Carter schickte noch ein paar eisige Blicke hinunter, dann verschwand er in einem der Flure.
»Reizender Mensch«, raunte Bob. »Und der soll eine Freundin haben? Kaum zu glauben.«
»Er ist nur unsicher, weil er nicht weiß, wie ich so viel über ihn herausbekommen habe«, behauptete Justus. »Er hat Angst vor mir.«
»Sicher«, sagte Peter abfällig. »Er hat Angst vor dir. Ganz bestimmt, Just.«
»Kommt schon, sehen wir uns den Keller an!«
Die Kellertür war aus schwerem, dunklem Holz. Darüber hockte ein rundlicher, sich am Kopf kratzender Gnom aus Stein. Er wirkte eher lustig als bedrohlich, doch in dieser Umgebung war es eine sehr düstere Art von Humor. Justus schloss die Tür auf, die sich lautlos nach innen öffnete. Eine Treppe schloss sich an. Sie führte steil in die Tiefe und in die Dunkelheit.
»Gruselig«, fand Peter. »Gibt es hier kein Licht?«
»Nein«, sagte eine Stimme hinter ihnen. Sie fuhren herum. Albert stand in der Halle und musterte sie von oben bis unten.
»Haben Sie vielleicht ein paar Kerzen?«, fragte Justus so höflich wie möglich.
»Nein.« Er stand einfach nur da und starrte sie an.
»Und wie schafft Mr Carter es, dort hinunterzugehen, ohne sich die Knochen zu brechen?«
»Er geht im Dunkeln«, lautete die Antwort.

Justus seufzte. »Dann hole ich eben meine Taschenlampe. Wartet hier!« Er lief zur Treppe und verschwand nach oben.
Bob und Peter blieben an der Kellertür stehen. Sie sahen die düstere Treppe hinunter. Dann blickten sie rüber zu Albert. Der Butler stand immer noch da und versuchte offenbar, sie mit seinen Blicken zu erdolchen. Niemand sprach ein Wort. Es schien eine Ewigkeit zu dauern, bis Justus zurückkehrte. Doch dann stand er wieder neben ihnen, mit der Taschenlampe in der Hand. »Auf geht's!«
Justus schaltete die Lampe ein und ging langsam die steile Treppe hinunter in die Tiefe. Hinter ihm kam Peter und dann Bob. Sie waren gerade auf halber Höhe, als die Tür mit einem lauten Knall zuschlug. Alle drei zuckten zusammen.
»War das Albert?«, flüsterte Peter.
»Zuzutrauen wäre es ihm«, meinte Justus.
»Der spinnt wohl, uns so zu erschrecken.«
»Vielleicht war es aber auch der Wind. Spürt ihr nicht den Luftzug? Der kommt vom Meeresausgang. Wartet mal!« Justus drängte sich an seinen Freunden vorbei zurück zur Tür, kramte den Schlüssel hervor und schloss sie von innen ab.
»He!«, protestierte Peter. »Wieso schließt du uns denn ein?«
»Ich schließe uns nicht ein, ich schließe Albert aus. Dann kann er nicht wieder plötzlich wie aus dem Boden gewachsen hinter uns stehen«, raunte Justus und kicherte. »Er hat bestimmt gehört, dass ich abgeschlossen habe. Das wird ihn garantiert ärgern. Kommt!«
Sie setzten ihren Weg fort. Die Treppe endete in einem langen, geraden Gang, von dem zwei Türen abzweigten. Am

Ende des Ganges schimmerte ein sehr, sehr schwaches Licht. Ein fernes Rauschen drang zu ihnen.
Justus ignorierte die Türen vorerst und ging den Gang hinunter bis zu einer weiteren nach unten führenden Treppe. Nun erkannte er, dass es Tageslicht war, das vom Ende dieser zweiten Treppe kam. »Da unten ist der Ausgang«, stellte Justus fest. »Das sehen wir uns mal an!«
Die ersten Treppenstufen waren noch ganz normal. Doch je tiefer sie gingen, desto grünlicher begann das Gestein zu schimmern. Mit jedem Schritt wurde der Stein schmieriger. Die letzten Stufen waren schließlich so glitschig, dass Justus aufpassen musste, nicht zu stürzen. Die Treppe endete mitten im Wasser.
»Seht euch das an!«, rief Peter und drängte sich an Justus vorbei, um hinaus aufs Meer zu blicken. »Bei Flut ist der Ausgang völlig unbrauchbar. Wenn es hier mal stürmt, ist wahrscheinlich die halbe Treppe überflutet.«
»Scheint öfter vorzukommen, wenn man sich die Algen so ansieht, die hier überall wachsen«, sagte Bob. »Ich kann mir gar nicht vorstellen, dass da bei Ebbe ein Strand sein soll.«
»In sechs Stunden wird der Wasserspiegel weit genug gesunken sein«, erklärte Justus. »Bis dahin gibt es hier nichts weiter zu sehen.«
»Das war ja ein kurzer Ausflug«, meinte Peter.
»Ja. Vorausgesetzt, wir gehen jetzt schon wieder zurück.«
»Hast du das etwa nicht vor?«, fragte Peter.
»Nicht solange es da oben zwei verschlossene Türen gibt.«
»Du willst da doch nicht etwa rein! Aber Mr Carter hat doch gesagt –«

»Das ist mir im Moment herzlich egal. Du hast doch hoffentlich dein Dietrichset dabei, Peter?«

»Bedauerlicherweise ja«, stöhnte der Zweite Detektiv.

»Dann an die Arbeit! Wir dürfen nicht zu lange hier unten bleiben, sonst schöpft Albert Verdacht. Aber ich will wenigstens einen kurzen Blick in die Räume werfen!«

Kurz darauf standen sie vor einer der verschlossenen Holztüren und Peter machte sich an dem Schloss zu schaffen. »Kinderleicht«, sagte er und hatte innerhalb kürzester Zeit die erste Tür geöffnet. Sie schwang knarrend auf. Justus leuchtete hinein. »Ach du meine Güte!«

»Was ist denn hier passiert?« Peter lachte kurz auf. »Jetzt ist mir klar, warum Mr Carter uns das hier vorenthalten wollte. Das ist ja ein richtiger Saustall!« In dem Raum herrschte absolutes Chaos. Er war bis unter die Decke vollgestopft mit Möbeln, Kisten und Kartons. Die Schubladen in den Schränken waren aufgerissen, überall lag Papier herum und Berge von aufgeschlagenen Aktenordnern türmten sich auf dem Boden. Die drei ??? verschafften sich einen kurzen Überblick, dann knackte Peter die andere Tür. Hier bot sich ihnen ein ähnlicher Anblick: Säcke voller Kleidung standen in den Ecken, weitere Möbel und Kisten, alles heillos verstreut. Die Kleidersäcke waren offen; Hosen, Hemden und Jacken quollen daraus hervor. Überall lagen oder hingen bunte Tücher herum.

»Ich würde sagen, jetzt wissen wir, wo Mr Carters Hausstand abgeblieben ist«, sagte Justus.

»Du meinst, das sind Carters Sachen?«, fragte Bob.

»Natürlich. Wohin hätte er sie sonst schaffen sollen? Er hat alles, was er nicht unbedingt zum Leben brauchte, in den Keller schleppen lassen und die Türen verriegelt, um diese Sachen nie wieder sehen zu müssen. Hier lagert Casper Carters altes Leben. Etwas Besseres hätten wir gar nicht finden können, um uns einen Überblick zu verschaffen, wer Mr Carter eigentlich ist – beziehungsweise war.«

»Auf jeden Fall ist er nicht der gewesen, für den ich ihn nach deinen Erzählungen gehalten hatte«, sagte Bob und wies auf einen Berg von Möbeln.

»Seht euch mal dieses Zeug an. Diese Schränke und Tische und Stühle sehen irgendwie indisch aus, oder?«

»Hm, ich hätte auf Afrika getippt«, meinte Peter.

»Das da stammt auf jeden Fall aus Asien«, stellte Justus fest und wies auf einen filigranen Schrank aus dunklem Holz. »Die Sachen passen jedenfalls überhaupt nicht zu der wuchtigen Ledergarnitur, die in Carters Arbeitszimmer steht. Man würde den Kram eher in einem Esoterik-Laden vermuten als bei Mr Carter.

Feng-Shui oder so. Die bunten Seidentücher überall ... und seht mal, diese Kiste voller Kerzenleuchter!«

»Tja, so kann man sich in den Menschen täuschen«, sagte Peter.

»Oder in sich selbst«, fügte Justus hinzu, während er langsam den Raum durchwanderte und alles in Augenschein nahm. »Denn laut Mr Montgomery war Carter ja selbst völlig überrascht, als er nach der langen Zeit im Krankenhaus sein Haus das erste Mal wieder betrat. Er hat nichts von dem erkannt, was sich hier befand. Die gesamte Inneneinrichtung war ihm fremd. Deshalb hat er sie ja auch in den Keller ver-

bannt. Er muss sich vor seinem Unfall komplett neu eingerichtet haben.«
»Jaja, schon gut«, sagte Peter ungeduldig und wippte auf den Zehen. »Aber jetzt sollten wir besser wieder gehen, oder? Wir sind schon ganz schön lange hier unten.«
»Na und?«
»Albert kriegt das doch mit!«
»Er weiß ja nicht, was wir hier tun.«
»Er wird es sich denken können.«
»Aber er kann es nicht beweisen. Kommt schon, ich will wenigstens schnell die eine oder andere Kiste öffnen! Los, Kollegen, helft mir! Aber legt alles wieder dorthin zurück, wo ihr es findet. Mich würde es nicht wundern, wenn Mr Carter in diesem Chaos eine Ordnung hat, die nur er kennt.«
Widerstrebend machten Bob und Peter mit. Ihnen war gar nicht wohl bei der Sache, doch es hatte keinen Zweck, Justus zu widersprechen. Er machte ja doch, was er wollte. Und wenn sie ihm halfen, wurden sie wenigstens schneller fertig.
Da sie nur eine Taschenlampe hatten, mussten sich die drei ??? die beiden Räume nacheinander vornehmen. Während Peter eilig in Schränken, Regalen und Schubladen nachsah, blätterte Bob Bücher und Aktenordner durch. Justus kümmerte sich um die zahllosen Kartons, die mit kleinen Döschen, verzierten Spiegeln, Räucherstäbchen, Teetassen, exotischen Wandbehängen und anderem Krimskrams gefüllt waren.
»He!«, rief Bob plötzlich. Der dritte Detektiv hatte ein mit bunten Glassteinen verziertes silbernes Metallkästchen gefunden, das unter einem Aktenberg verborgen gewesen war. Da-

rin befanden sich jede Menge Papiere. »Ich glaube, unter all den Schatztruhen, die hier herumstehen, habe ich gerade die Schatztruhe gefunden!«

»Was ist denn das?«

»Das Allerheiligste. Glaube ich jedenfalls. Hier sind ein paar Fotos und Zeitungsausschnitte aus den letzten Jahrzehnten. Das scheint so ein Kistchen zu sein, in dem Carter all das gesammelt hat, was ihm wirklich etwas bedeutet.«

»Lass sehen!«

»Nicht hier!«, forderte Peter. »Echt, Just, wir sollten langsam verschwinden! Wir sind bestimmt schon seit einer Viertelstunde hier unten.«

»Kleine Rauchpause«, sagte Justus.

»Wie bitte?«

»Ach, nichts. Aber du hast Recht. Wir sollten gehen. Die Papiere nehmen wir mit.«

»Was?«

»Na glaubst du, ich lasse mir das entgehen? Gib her!« Justus nahm das Kästchen und schob es sich in den Hosenbund. Dann ließ er sein T-Shirt darüber fallen. »Sieht kein Mensch.«

Peter machte große Augen. »Wow. Es fällt wirklich nicht auf! Just! Wer hätte gedacht, wozu dein Bauch mal gut sein würde! Ich bin beeindruckt!«

»Da kannst du mal sehen, Hungerhaken! Und jetzt zurück nach oben!«

Soo-An

Während Peter die Türen wieder abschloss, überlegte Justus, wie sie weiter vorgehen sollten: »Am besten fahren wir mit dem Zeug zurück nach Rocky Beach. In der Zentrale können wir uns in Ruhe damit beschäftigen. Hier richten wir vorerst ohnehin nichts mehr aus.«

»Hab nichts dagegen«, meinte Bob.

Als Peter mit der zweiten Tür fertig war, stiegen sie die Treppe hinauf. Justus öffnete die Tür. Dort stand Albert. Es sah aus, als hätte er sich die ganze Zeit nicht von der Stelle gerührt. Genau wie Justus erwartet hatte.

»Das war ein langer Ausflug in den Keller«, schnarrte Albert.

»Kleine Rauchpause«, gab der Erste Detektiv ungerührt zurück und streckte zwei Finger der rechten Hand aus, als hielte er darin eine unsichtbare Zigarette.

»Wir haben noch einen dringenden Termin. Würden Sie Mr Carter bitte Bescheid geben, dass wir ihn anrufen werden? Danke. Hier ist der Kellerschlüssel.« Justus drückte ihn Albert in die Hand und strebte auf den Ausgang zu. Er wollte keine Sekunde länger als nötig in der Nähe des Butlers sein. Doch dieser hielt ihn zurück.

»Da möchte euch jemand sprechen«, schnarrte er.

»So? Wer denn?«

»Ah, da seid ihr ja!«, kam plötzlich eine leise, gepresste Stimme von der Galerie. Die drei ??? blickten nach oben. Dort stand

eine kleine Frau in einer roten Windjacke. Sie hatte ihr dunkles Haar zu einem wirren Knoten hochgesteckt. Eilig kam sie die Treppe heruntergelaufen. »Ihr wollt fahren? Gut, dass ich euch noch treffe!«, sagte sie noch immer fast im Flüsterton. »Lasst uns rausgehen!« Ohne eine Antwort abzuwarten, huschte sie an den drei Detektiven vorbei und verschwand nach draußen. Die drei folgten ihr, argwöhnisch beäugt von Albert.
Die junge Frau hatte sich bereits ein gutes Stück vom Haus entfernt, bevor sie stehen blieb und auf die drei ??? wartete. Sie blinzelte ihnen gegen die helle Sonne entgegen, streckte ihnen die Hand hin und lächelte scheu. »Ich bin Enid Connally, die Freundin von Mr Carter.«
»Angenehm, Justus Jonas«, sagte Justus und stellte seine Freunde vor.
»Verzeiht meinen Auftritt, aber hier draußen kann man einfach besser reden, wisst ihr.« Sie warf einen schnellen Blick über Bobs Schulter hinweg auf das Haus, als befürchtete sie, beobachtet zu werden. »Casper hat mir von euch erzählt. Schon vor einigen Tagen. Er hatte vor, euch anzurufen. Ich habe versucht, es ihm auszureden, aber nun … hat er es offensichtlich doch getan.« Wieder ein verlegenes Lächeln.
»Darf ich fragen, warum Sie es ihm ausreden wollten, Mrs Connally?«
»Oh – Miss. Miss Connally. Na ja, ich wollte nicht, dass er jetzt auch noch andere Leute in die Sache mit reinzieht.«
»In welche Sache?«
»Ihr wisst schon, sein Gedächtnisverlust. Das ist eine schwierige Geschichte für ihn. Ich finde es nicht gut, wenn er drei Jungs wie euch damit belastet.«

»Das hat er gar nicht«, gab Justus zurück. »Genau genommen hat er uns nichts von seinem Unfall erzählt. Er bat uns wegen etwas ganz anderem um Hilfe.«
»Jaja, diese verfluchten sieben Tore«, sagte Miss Connally verärgert. »Ich weiß, ich weiß. Aber auch das ist nichts für drei junge Burschen. Deshalb wollte ich kurz mit euch reden: Casper hat … er weiß manchmal nicht, was er tut. Es war keine gute Idee von ihm, euch anzurufen und mit dieser Sieben-Tore-Sache zu belästigen. Ich denke, es ist besser, wenn ihr das alles einfach vergesst, in Ordnung? Aber ich sehe, ihr wolltet sowieso gerade gehen. Dann ist ja alles klar.«
Für einen Augenblick waren die drei Detektive sprachlos. »Wir gehen nicht endgültig«, stellte Bob schließlich klar. »Wir kommen noch mal wieder.«
»Besser nicht«, sagte Enid Connally schnell und diesmal war ihr Ton eine Spur schärfer.
»Und warum nicht?«, fragte Justus lauernd.
Sie seufzte. »Wie soll ich sagen. Casper ist in einem labilen Zustand. Ich hatte gehofft, es würde besser werden, wenn er aus der Klinik entlassen ist, aber es wurde immer schlimmer. Er leidet unter Schlafstörungen und schleicht dann stundenlang durch das Haus oder geht hinunter an den Strand.« Ihre Stimme wurde hart: »Er muss endlich von dieser Sache loskommen!«
»Tut uns Leid, Miss, aber wir haben Mr Carter versprochen, ihm zu helfen«, erklärte Justus.
Sie nickte ungeduldig. »Schon. Und das ist bestimmt auch sehr nett von euch gemeint. Aber ihr helft ihm damit nicht! Das verschlimmert seinen Zustand nur. Ich bitte euch, lasst

die Sache auf sich beruhen. Es wird einfach Zeit, dass er zu einem normalen Leben zurückkehrt und diese Hirngespinste aufgibt.«

»Sie halten es für ein Hirngespinst, wenn jemand versucht, seine Erinnerung wiederzubeleben?«, fragte Justus.

»Aber das ist es ja gerade!«, ereiferte sich Miss Connally. Ihre anfängliche Unsicherheit war komplett verschwunden. »Medizinisch gesehen ist es sehr, sehr unwahrscheinlich, dass Casper sein Gedächtnis nach so langer Zeit noch mal wiedererlangt! Er muss sich damit abfinden, dass seine Erinnerung verloren ist. Aber das tut er nicht. Und das macht ihn völlig krank!«

»Der Gedächtnisverlust ist nicht zu beheben?«, fragte Justus.

»Es ist sehr, sehr, sehr unwahrscheinlich«, wiederholte Miss Connally. »Und wenn ihr ihm wirklich helfen wollt, dann lasst ihr die Finger von dem Auftrag und kommt nie wieder hierher.«

Der Wind zerzauste Peters Haar. Er stand auf einem Surfbrett und sauste die Wellenberge hinunter. Die Wellen waren gigantisch, die Gewalt des Wassers mörderisch, aber er stand sicher mit beiden Füßen auf dem Brett und ritt auf dem Ozean, als hätte er sein Leben lang nichts anderes getan. Seine Freunde jubelten ihm vom Strand aus zu, als er mit dem Brett in die Höhe schoss, sich in der Luft drehte und sicher auf dem nächsten Wellenkamm landete. Andere Zuschauer gesellten sich hinzu und verfolgten begeistert seine Wasserakrobatik. Er war der größte Surfsuperstar der kalifornischen Küste!

»Da haben wir schon mal ein Bild von Carter in der Schule«, sagte Bob und riss Peter aus seinen Tagträumen. »Seltsam. So alt, wie er aussieht, hätte ich gewettet, es wäre schwarzweiß.«

Peter saß am Steuer seines MG und fuhr an der Küstenstraße entlang Richtung Süden nach Rocky Beach. Die frische, salzige Luft belebte seine Fantasie. Nicht nur seine. Bob und Justus sprachen seit ihrer Abfahrt über nichts anderes als ihren neuen Fall. Das war mal wieder typisch. Auf dem Rücksitz hatten sie damit begonnen, das Kästchen in Augenschein zu nehmen.

»Und das hier müssen seine Eltern sein«, fügte Bob hinzu und wies auf ein anderes Foto.

»Und hier haben wir die Todesanzeigen der beiden«, sagte Justus. »Sein Vater war noch ziemlich jung.«

»Noch ein Bild«, murmelte Bob und zog ein weiteres Foto aus dem Kästchen. Es zeigte einen alten Mann mit schlohweißem Bart und einer Art buntem Turban auf dem Kopf. Er trug ein Amulett in Form eines Käfers um den Hals, das grün-golden leuchtete. Das Leuchten wirkte unnatürlich, so als sei das Bild am Computer nachbearbeitet worden. Auch von den Augen des Mannes ging ein seltsames Strahlen aus und eine Art überirdischer Lichtkranz umgab seinen Kopf. »Holla! Was ist denn das für ein Heiliger?«

»Oman Shankar!«, rief Justus.

Der Name sagte Bob etwas. Langsam dämmerte es ihm. »Stimmt! Du hast Recht, Just!«

»Was denn, ihr kennt den Typen?«, fragte Peter und sah in den Rückspiegel, um einen Blick auf das Foto zu erhaschen.

»Wenn man hin und wieder mal die Zeitung liest, dann kennt man ihn, Peter«, antwortete Bob. »Oman Shankar ist der Anführer der Soo-An-Sekte.«

»Eigentlich heißt der Kerl William Jackson und stammt aus Oklahoma. Aber er nennt sich Oman Shankar, denn das klingt für einen Sektenführer natürlich viel schicker. Ich habe mal gehört, Soo-An komme aus dem Tibetischen und bedeute übersetzt nichts anderes als ›Geld‹, aber ich weiß nicht, ob das stimmt.«

»Und was macht diese Sekte?«, wollte Peter wissen.

»Das, was die meisten Sekten machen: Den Leuten ewige Glückseligkeit versprechen und ihnen nebenbei das Geld aus der Tasche ziehen«, antwortete Justus. »Es gibt die Soo-An erst seit ein paar Jahrzehnten. Oman Shankar hat sie persönlich gegründet. Seine Heilslehre ist ein gnadenloses Sammelsurium, das er sich aus sämtlichen großen und kleinen Religionen der Welt zusammengeklaut hat. Ein bisschen Paradies, ein bisschen Wiedergeburt, ein paar Götter dazu und eine Hand voll Gebote, die leicht zu befolgen sind, denn sonst würde ja niemand mitmachen wollen. Und natürlich jede Menge Versprechungen. Die Mitglieder sind hauptsächlich wohlhabende Leute, denn speziell auf die hat Oman Shankar es abgesehen. Arme Menschen haben in seiner Sekte nichts zu suchen. Und damit wird auch ganz schnell klar, worum es ihm eigentlich geht: um Kohle. Wer bei den Soo-An mitmachen will, zahlt wahrscheinlich einen Haufen Geld an Shankar.«

Peter schüttelte verständnislos den Kopf. »Und was bekommt er dafür?«

»Na die ewige Glückseligkeit, das habe ich doch schon gesagt.«
»Aber das ist doch übelste Abzocke!«
»Was du nicht sagst.«
»Seht mal!«, rief Bob, der während Justus' Vortrag weiter in der Schatulle gekramt hatte. Er zog eine Kette heraus, an der ein Anhänger baumelte, ähnlich dem von Oman Shankar auf dem Bild: ein grün-goldener Käfer. »Und hier ist noch etwas: ein Foto.« Bob zeigte es seinen Freunden. Auf dem Bild war eine Gruppe von Leuten in grün-goldenen Gewändern zu sehen, die in einem weiß gestrichenen Raum eine Art Tanz aufführte. Alle trugen den Anhänger um den Hals.
»Was bedeutet das alles?«, fragte Peter.
»Ich dachte, das sei jetzt klar«, sagte Justus lakonisch und tippte auf eine Person auf dem Foto, die ihm nur allzu bekannt vorkam. »Casper Carter war Mitglied der Soo-An-Sekte!«

Der heilige Skarabäus

»Was, echt?« Der Zweite Detektiv vergaß für einen Moment die Vorsicht und griff nach hinten, um Justus das Foto aus der Hand zu reißen und einen kurzen Blick drauf zu werfen. »Du hast Recht! Der Typ, der da rumtanzt, das ist wirklich Carter! Ich habe ihn zwar nur einmal kurz gesehen, aber die Vogelnase ist unverkennbar.«

»Mensch, guck auf die Straße, Zweiter!«

Bob begutachtete derweil den Anhänger. »Das hier ist auf alle Fälle ein Skarabäus.«

»Ein was?«

»Ein Skarabäus. So nennt man den Schmuck der alten Ägypter, der der Form eines Käfers nachgebildet ist.«

»Genauer gesagt, eines Pillendrehers«, ergänzte Justus. »Der war in Ägypten nämlich heilig und ein Symbol des Urgottes der Schöpfung.«

»Aber dieses Ding hier ist nicht echt«, stellte Bob fest. »Das Gold, das den Stein einfasst, ist kein Gold, sondern Messing. Und der grüne Stein, der den Skarabäus-Körper nachbildet, ist auch kein Edelstein, sondern bloß Glas.«

»Das gab's wahrscheinlich als Geschenk für jeden, der in die Soo-An-Sekte eingetreten ist«, witzelte Justus.

»Hm«, machte Peter und kratzte sich am Kopf. »Meint ihr denn, dass das ganze Zeug etwas mit den sieben Toren zu tun hat?«

»Mit den sieben Toren vielleicht nicht direkt«, antwortete Justus und zupfte an seiner Unterlippe. »Aber mit unserem Fall. Jetzt ergibt die ganze Geschichte langsam einen Sinn.«

»Würdest du uns bitte aufklären, was bei dir schon wieder Sinn ergibt, während wir Normalsterblichen noch mit der totalen Verwirrung zu kämpfen haben, Just?«, bat Peter.

»Ganz einfach, Zweiter: Carter und seine Vergangenheit. Ich gebe zu, das ist alles etwas spekulativ, aber ich stelle mir das Ganze so vor: Casper Carter wächst als Sohn eines reichen Textilfirmenbesitzers auf. Sein Vater arbeitet hart, um die Firma zu dem zu machen, was sie heute ist. Und prompt stirbt er relativ jung an einem Herzinfarkt. So etwas kommt bekanntlich häufiger vor bei Leuten, die zu viel und zu hart arbeiten.«

»So weit, so gut. Und?«

»Carter hat sich nie sonderlich für geschäftliche Dinge interessiert. Doch der Tod seines Vaters bestärkt ihn darin, dass er auf gar keinen Fall ein solches Leben führen will. Er wendet sich ab von diesen weltlichen Dingen – und beginnt sich für spirituelle Dinge zu interessieren. Er bekommt Kontakt zur Soo-An-Sekte, die ihn sofort anwirbt, denn er hat ja eine Menge Geld. Carter, durch den Tod seines Vaters noch sehr mitgenommen, ist offen für Oman Shankars Heilslehren und tritt der Sekte bei. Als Jünger von Shankar wird er einer regelrechten Gehirnwäsche unterzogen. Er schmeißt alles aus seinem früheren Leben aus dem Haus und richtet sich vollständig neu ein – mit Esoterik-Krempel, der genauso zusammengewürfelt ist wie der Glauben der Soo-An selbst. Dann kommt der schicksalsschwere Tag, an dem Mr Carter den

Unfall hat. Er überlebt nur knapp, liegt wochenlang im Koma, und als er wieder aufwacht, kann er sich an alles, was nach dem Tod seines Vaters geschehen ist, nicht mehr erinnern. Die Hinwendung zum Spirituellen, der Beitritt zur Soo-An-Sekte – alles weg. Natürlich besuchen ihn andere Mitglieder der Sekte – und Carter ist völlig entsetzt, weil er sich nicht vorstellen kann, dass er mit diesen Leuten wirklich etwas zu tun gehabt hatte. Er wendet sich von allen, die ihm etwas über seine Vergangenheit erzählen wollen, ab. Schließlich wird er aus dem Krankenhaus entlassen. Er betritt sein Haus – und fällt fast hintenüber, als er sieht, wie es eingerichtet ist. Augenblicklich lässt er die ganzen Möbel in den Keller schleppen. Und seitdem will er unbedingt herausfinden, was mit ihm vor dem Unfall geschehen ist, koste es, was es wolle. Nein, er will es nicht nur herausfinden – denn es gibt eine Menge Leute, die es ihm erzählen könnten –, er will sich daran erinnern!«

»Mensch, Just!«, sagte Bob fassungslos. »Das klingt verflucht logisch!«

»Hattest du etwas anderes von mir erwartet?«, fragte Justus mit einem breiten Grinsen.

»So könnte es wirklich gewesen sein. Nur – wie passen die sieben Tore und der Brief in das Bild?«

»Das weiß ich leider auch noch nicht. Aber wenn diese kleine Schatzkiste weiter so ergiebig ist, dann finden wir das vielleicht noch heraus. Zeig her, Bob, ist da noch was drin?«

Der dritte Detektiv nahm nun jedes einzelne Papier aus dem Kästchen genau unter die Lupe. Weitere Fotos vom Anführer der Soo-An kamen zum Vorschein. Bilder aus Carters Kindheit. Und schließlich ein weiterer Zeitungsausschnitt. »Das ist aus der hiesigen Tageszeitung«, stellte Bob mit einem schnellen Blick fest. »Ich lese es euch vor: ›Heute wird im Bürgerhaus von Salem die Sven-Engström-Ausstellung eröffnet. Der aus Schweden stammende Architekt hat im letzten Jahrhundert in Salem gelebt und nicht nur das Bürgerhaus entworfen, sondern auch das bekannte Engström-Haus, das derzeit von Casper Carter, dem Chef der Carter Corporation, bewohnt ist. Engström war außerdem ein bekannter Maler. Seine Werke sind noch bis zum 18. Oktober im Bürgerhaus zu sehen.‹ Tja, das sagt mir jetzt gar nichts.«

»Engström hat dieses Haus entworfen«, sagte Justus. »Er hat auch das Wandbild im großen Salon gemalt, ich habe seinen Namen dort entdeckt.«

»Der Zeitungsausschnitt ist schon ein Dreivierteljahr alt«, sagte Bob.

»Und damit fällt er in den Zeitraum, an den Carter sich nicht erinnern kann. Vielleicht lohnt es sich, mehr über diesen Sven Engström in Erfahrung zu bringen. Immerhin hat er Carters Haus entworfen. Vielleicht finden wir etwas über die sieben Tore heraus. Bob, das wird deine Aufgabe sein: Gleich am Montag gehst du ins Bürgerhaus von Salem und erkundigst dich. Wenn es dort vor einigen Monaten eine Engström-Ausstellung gab, wirst du da wahrscheinlich am meisten finden.«

»Immer ich.«

»Was hat Peter vorhin so treffend bemerkt? Jeder hat seine Aufgabe!«

»Na schön.«

»War es das jetzt mit dem Kästchen?«, fragte Peter.

»Noch nicht ganz. Hier ist noch ein letzter Zeitungsartikel. Den lese ich euch aber nicht vor, das ist mir zu lang.«

»Gib her!« Justus nahm ihm den Ausschnitt aus der Hand, räusperte sich und begann zu lesen: »›Heiliger Skarabäus geraubt.‹ Das ist die Überschrift. ›In der Nacht zum Samstag wurde im Armand-Hammer-Museum of Art and Culture in Los Angeles ein wertvoller ägyptischer Skarabäus-Anhänger gestohlen. Die Polizei geht davon aus, dass mindestens zwei Menschen an der Tat beteiligt gewesen sein müssen. Wie sie die Sicherheitssysteme überwinden konnten, ist noch unklar. Der Skarabäus von Sinnuris in Ägypten stammt aus dem zweiten Jahrtausend vor Christus und besteht aus einem der größten und reinsten Smaragde der Erde, der in pures Gold eingefasst ist. Sein Wert wird auf eine halbe Million Dollar geschätzt. Armand Hammer hatte ihn kurz vor seinem Tod in Kairo ersteigert. Die Auktion erregte damals Aufsehen, da es sich bei Hammers größtem Konkurrenten um den Sektenführer Oman Shankar handelte. Der Anführer der Soo-An-Sekte spricht dem Skarabäus von Sinnuris magische Kräfte zu. Der heilige Skarabäus ist das Wahrzeichen der Soo-An. Shankar versucht bereits seit Jahren, in den Besitz des wertvollen Schmuckstückes zu kommen. Die Polizei schließt daher nicht aus, dass die Täter aus dem Umkreis der Sekte stammen. Oman Shankar hingegen gab eine Erklärung ab, in der er ausdrücklich betonte, er habe nichts mit dem Diebstahl zu tun.‹«

»Das ist ja ein Ding«, sagte Bob, als Justus mit dem Lesen fertig war.

»Warum, denkt ihr, bewahrt Mr Carter einen solchen Zeitungsausschnitt auf?«, fragte Peter.

Bob seufzte. »Vielleicht sammelt er einfach alle Zeitungsberichte über seinen Guru.«
»Dann müsste es aber noch mehr geben.«
»Oder er weiß etwas über den Diebstahl«, spekulierte Justus.
»Beziehungsweise wusste«, korrigierte Bob. »Der Artikel ist ein gutes halbes Jahr alt. Das heißt, Carter hat in seinem jetzigen Zustand keine Ahnung von dem Raub.«
»Es hat also keinen Zweck, ihn zu fragen. Dann müssen wir wohl auf eigene Faust recherchieren.«
»Du meinst, ich muss auf eigene Faust recherchieren, Just«, sagte Bob. »Im Archiv der Los Angeles Post, stimmt's?«
»Wo sonst könnte man mehr über diesen Fall in Erfahrung bringen? Hat das Archiv heute geöffnet, Bob?«
»Ja. Bis sechs Uhr.«
»Zweiter, Kurskorrektur: Rocky Beach rechts liegen lassen und das Verlagshaus der Los Angeles Post anpeilen!«
»Aye, Käpt'n!«
»Wäre doch gelacht, wenn wir da nicht weiterkämen!«

Das Zeitungsgebäude lag mitten in Downtown Los Angeles. In dem Hochhaus herrschte wie immer reges Treiben.
»Willst du bei deinem Vater im Büro vorbeischauen, Bob?«, fragte Justus.
»Lieber nicht. Wenn er erfährt, dass wir auf dem Weg ins Archiv sind, dann wird er unnötig misstrauisch. Du weißt ja, was er von unserer Detektivarbeit hält.«
»Vermutlich das Gleiche wie Tante Mathilda und Onkel Titus«, sagte Justus.

»Oder meine Eltern«, fügte Peter hinzu. »Ich glaube, manchmal wäre es ihnen lieber, ich würde auf dem Schulhof mit Drogen handeln, als mich mit Justus Jonas abzugeben, dem Jungen, der ihren geliebten Sohn ständig in Schwierigkeiten bringt.«

Sie fuhren mit dem Fahrstuhl in den Keller. Hier waren sämtliche Ausgaben der Los Angeles Post und vieler anderer großer Zeitungen in endlosen Regalreihen voller dicker Bände gelagert. Die neueren Nummern waren auf Mikrofilm gespeichert und an Lesegeräten einsehbar.

Als sich die Aufzugtüren öffneten, blickte eine Dame mittleren Alters von ihrem Computermonitor auf und nahm ihre Lesebrille ab. Sie saß ganz allein an einem Schreibtisch im kalten Neonlicht des Archivs. Ein Lächeln breitete sich auf ihrem Gesicht aus, als sie die drei ??? erkannte.

»Sieh einer an, die drei Detektive!«, sagte sie erfreut. »Ich habe mich erst vor kurzem gefragt, wann ich euch mal wieder zu Gesicht bekomme. Na, steckt ihr wieder tief in Ermittlungen?«

»Guten Tag, Mrs Grayson«, sagte Bob. »Genauso ist es. Wir suchen etwas über die Soo-An-Sekte und über den Diebstahl des Skarabäus von Sinnuris.«

Mrs Grayson nickte verständnisvoll. »Natürlich. Ich hatte nichts anderes erwartet.« Ihr Lächeln wurde zu einem Grinsen. »Mal wieder ein typischer Drei-???-Fall, was?«

»Wir können nichts dafür!«, beteuerte Bob.

»Braucht ihr meine Hilfe?«

Der dritte Detektiv schüttelte den Kopf. »Vorerst nicht.«

»Weil solche Versicherungen meistens eigene Ermittler haben, speziell für solche Fälle. Normalerweise prüfen sie, ob ein Betrug vorliegt und der Besitzer, also in diesem Fall das Armand-Hammer-Museum, das versicherte Objekt selbst beiseitegeschafft hat, um die Versicherungssumme zu kassieren. Aber bei so einer Sache gehen sie wohl auch mal einen Schritt weiter und versuchen, die Diebe ausfindig zu machen.«
»Aha. Meinst du, Mr Carter könnte dieser Verdächtige gewesen sein, der damals verhört wurde?«
»Möglich wäre es. Auf jeden Fall war das Ganze ein paar Wochen vor seinem Unfall.«
Sie vertieften sich wieder in die Arbeit, doch auch nach einer Stunde hatten sie keinen weiteren Artikel über den Fall gefunden.
»Ich finde, es reicht«, stöhnte Peter schließlich und schaltete das Lesegerät aus.
»Ich kriege schon Kopfschmerzen von dieser Mini-Schrift. Mehr finden wir sowieso nicht raus.«
»Peter hat Recht«, stimmte Bob zu. »Wir sollten Schluss machen. Viel gebracht hat uns die Aktion ja nicht. Wir sind eigentlich so schlau wie vorher. Nix mit sieben Toren.«
»Ja«, murmelte Justus, lehnte sich zurück und stieß sich mit dem Stuhl ein Stück ab, so dass er halb im Gang saß. Langsam bearbeitete er seine Unterlippe.
»Das ist wirklich bedauerlich. Ich gebe zu, es besteht die Möglichkeit, dass wir einem Phantom nachjagen und der verschwundene Skarabäus absolut nichts mit den sieben Toren zu tun hat. Aber mein Gefühl sagt mir, dass wir auf der rich-

tigen Spur sind. Wir haben bloß noch nicht die Verbindung herstellen können.«

Plötzlich schnipste Bob mit den Fingern. »Wie wäre es, wenn wir Inspektor Cotta um Hilfe bitten?« Cotta arbeitete bei der Polizei von Rocky Beach und hatte den drei ??? schon einige Male bei ihren Ermittlungen geholfen – und andersherum.

»Cotta?« Peter runzelte die Stirn. »Was hat der denn damit zu tun?«

»Aber natürlich!«, rief Justus. »Darauf hätte ich auch selbst kommen können!«

»Worauf, bitte?«, fragte Peter verärgert. »Würdet ihr mich aufklären?«

»Inspektor Cotta kann uns den Namen des Verdächtigen sagen«, antwortete Bob. »Wenn wir ihn nett bitten.«

»Und damit wissen wir wenigstens, ob es sich um Mr Carter handelte oder nicht«, sagte Justus. »Wenn nicht – dann haben die beiden Fälle wahrscheinlich wirklich nichts miteinander zu tun. Wenn aber doch – dann wird es interessant! Auf geht's, Kollegen! Vielleicht erwischen wir Cotta noch im Büro!«

Von neuem Eifer gepackt strebten die drei Detektive auf den Fahrstuhl zu.

»Ach, äh, Jungs!«, rief ihnen Mrs Grayson hinterher. Bob drehte sich um. »Ja?«

Die Archivarin blickte ihn über den Rand ihrer Brille hinweg an. »Ich wollte euch nicht belauschen, aber hier unten ist es so still – ich habe zwangsläufig mitbekommen, wonach ihr sucht. Ich weiß nicht, ob euch das weiterbringt, aber ich habe erst vor wenigen Tagen noch einmal etwas über den Diebstahl dieses Skarabäus gelesen.«

Nun wurden auch Justus und Peter hellhörig. »Tatsächlich? Was denn?«

»Es war nur eine kurze Notiz. Dort hieß es, dass die Ermittlungsfrist für die Henrikson Insurance Company, das ist die Gesellschaft, die den Skarabäus versichert hat, in einer Woche abläuft. Das heißt, falls der Skarabäus bis dahin nicht wieder auftaucht, muss die Versicherung endgültig zahlen.«

Justus nickte. »Interessant. Bis jetzt hilft uns das zwar noch nicht weiter – aber das kann ja noch kommen.«

»Danke, Mrs Grayson«, verabschiedete sich Bob.

»Gern geschehen. Bis zum nächsten Mal!«

Als die drei ??? aus dem Zeitungsgebäude hinaus in die Sonne traten, war der große Parkplatz davor längst nicht mehr so voll wie bei ihrer Ankunft. Langsam schlenderten sie zu Peters Wagen, der ganz hinten stand, und überlegten, wie sie Cotta dazu bringen konnten, die benötigten Informationen rauszurücken.

»Er wird uns wieder Predigten halten«, prophezeite Peter.

»Wie jedes Mal.« Bob nickte. »Er wird uns stundenlang erklären, dass er keine Namen nennen darf, von wegen Datenschutz und so.«

»Und am Ende tut er es trotzdem«, behauptete Justus. »Wo ist das Problem?«

»Es wird von Mal zu Mal schwieriger, ihn zu überzeugen!«

»Lasst mich das nur machen«, antwortete Justus gelassen. »Ich werde das schon … oh, mein Gott.« Justus blieb stehen und starrte geradeaus.

»Was ist denn, Just?« Peter folgte seinem Blick – und bekam riesige Augen.

»Oh, mein Gott! Wer war das? Diese Schweine! Die spinnen ja wohl!« Der Zweite Detektiv lief auf seinen Wagen zu und zeterte herum. Jemand hatte mit einem dicken schwarzen Stift die Windschutzscheibe beschmiert. Sofort versuchte er, die Schrift abzureiben, doch ohne Erfolg. »Das geht nie wieder ab!«, schrie er. »Diese … diese … wer war das???«

Justus versuchte ruhig zu bleiben. »Wenn du liest, was da steht, kommst du vielleicht drauf.«

Peter trat einen Schritt zurück. Quer über die Scheibe stand da in runden Buchstaben: »Lasst die Finger von den sieben Toren!«

»Es trifft sich wirklich gut, dass wir zu Cotta fahren«, knurrte Peter wütend, während er auf dem Weg zurück nach Rocky Beach durch das »den« und das »sieben« hindurch auf die Straße starrte. »Dann kann ich gleich Anzeige erstatten wegen Sachbeschädigung.«

»Gegen wen denn?«

»Was weiß ich! Gegen diesen Albert! Oder gegen Enid Connally. Einer von beiden muss es schließlich gewesen sein.«

»Woher willst du das wissen?«, fragte Justus. »Es kann auch jemand völlig anderes gewesen sein. Mit Bestimmtheit können wir das nicht sagen.«

»Jaja«, gab der Zweite Detektiv genervt zurück. »Weiß ich ja. Trotzdem bin ich sauer. Das ist eine Riesenschweinerei! Das krieg ich doch nie wieder ab!«

»Doch«, versuchte Bob ihn zu beruhigen. »Mit Lösungsmittel geht das ganz leicht. Zum Glück hat der Täter sich die

Scheibe ausgesucht und nicht die Karosserie. Dann hättest du jetzt nämlich ein echtes Problem.«

»Ach, jetzt soll ich auch noch dankbar sein, oder was?«

Bob erwiderte nichts mehr. Peter würde sich schon wieder beruhigen. Hoffentlich tat er das, bevor sie in Rocky Beach ankamen. Denn beim Inspektor war Fingerspitzengefühl gefragt.

Eine Dreiviertelstunde später standen sie vor der Tür von Cottas Büro bei der Polizeidirektion von Rocky Beach. Das Klappern einer Computertastatur drang nach draußen. Er war also noch da. Wenigstens etwas. Justus räusperte sich und klopfte an.

»Ja?«

Nacheinander betraten sie den kleinen Raum. Inspektor Cotta, ein mürrisch wirkender Mann mit lichtem schwarzem Haar, saß an seinem Schreibtisch. Hinter ihm an der Wand hing ein schwarz-weißes Poster von Humphrey Bogart. Cottas ewig verdrießlicher Gesichtsausdruck wurde noch ein bisschen intensiver, als er die drei Detektive sah. »Lang ist's her«, knurrte er zur Begrüßung und widmete sich wieder seinem Monitor.

»Einen schönen guten Tag, Inspektor Cotta«, sagte Justus freundlich.

»Regel Nummer eins, Mr Jonas: Die Chance auf einen schönen Tag ist verschwindend gering, wenn die drei Detektive in meinem Büro aufkreuzen.

Was gibt es diesmal? Schmuggel? Bankraub? Menschenhandel?«

»Museumseinbruch und Sektenführer.«

»Mal ganz was Neues. Also schön, Jungs, ich habe zu tun. Wenn ihr jemanden festnehmen lassen wollt, dann klärt das bitte mit einem meiner Kollegen.«

»So weit sind wir noch nicht«, sagte Justus und unterdrückte ein Grinsen. Es war immer das gleiche Spiel, das sie mit Inspektor Cotta spielten. Justus war davon überzeugt, dass Cotta sich insgeheim jedes Mal freute, die drei Detektive zu sehen, schließlich bedeutete ihr Auftauchen fast immer eine interessante Abwechslung in seinem Arbeitsalltag bei der Polizei. Aber selbstverständlich würde der Inspektor das niemals zugegeben. Das war eben Teil des Spiels.

»Stimmt. Wenn ihr schon so weit wärt, dann würde jetzt das Telefon klingeln und einer von euch würde vollkommen panisch ›Kommen Sie schnell!‹ in den Hörer brüllen. Lass mich raten: Das kommt noch. Vorher braucht ihr erst irgendwelche Informationen.«

»Ihr Scharfsinn ist bewundernswert«, erwiderte Justus.

»Tja. Auch ein blöder Polizist findet mal ein Korn. Aber du kennst die Regel, Justus: Ich darf keine vertraulichen Informationen herausgeben. Also verschwindet!«

»Wahrscheinlich sind sie gar nicht vertraulich«, mischte sich Bob in das Gespräch. »Wir haben sie nur nicht finden können. Es geht um einen Diebstahl im Armand-Hammer-Museum vor genau sieben Monaten. Ein wertvoller ägyptischer Anhänger wurde gestohlen, ein Skarabäus. Es gab eine Festnahme, doch der Verdächtige wurde bald wieder freigelassen. Wir wüssten gern, wer das war.« Bob legte zaghaft einen Zettel auf den Schreibtisch, auf dem er alle wichtigen Informationen notiert hatte.

Cotta seufzte. »Wie oft muss ich euch das noch sagen? Ich darf diese Art von Informationen nicht einfach an Dritte weitergeben!«
»Es besteht die Möglichkeit, dass wir den Skarabäus wiederbeschaffen«, sagte Justus. »Er ist eine halbe Million Dollar wert. Ohne uns wird er wahrscheinlich nie wieder auftauchen. Bitte helfen Sie uns, Inspektor. Nur noch dieses eine Mal.«
»Weißt du was? Ich würde es sofort tun, wenn ich wüsste, dass es wirklich das letzte Mal ist.«
»Bitte!«
Inspektor Cotta verdrehte die Augen und zog schließlich den Zettel näher zu sich heran. »Ich werde es dem Auszubildenden in die Hand drücken. Ich rufe euch an.«
»Danke sehr, Sir!«
»Und jetzt verschwindet!«
Die drei ??? beeilten sich, das Büro zu verlassen.
»Na also, hat doch geklappt!«, sagte Justus hocherfreut.
»Ja, mit Ach und Krach.« Bob konnte die Begeisterung des Ersten Detektivs nicht ganz teilen. »Sag mal, wie kommst du eigentlich dazu, Cotta zu versprechen, wir würden den Skarabäus wiederfinden?«
»Ich habe ihm gar nichts versprochen. Nur möglicherweise in Aussicht gestellt.«
»Wie immer du es nennst, darf ich dich daran erinnern, dass wir gar nicht an dem Skarabäus-Fall arbeiten, sondern an den sieben Toren?«
»Ich weiß, ich weiß. Aber sonst hätte Cotta uns womöglich nicht geholfen.« Die drei ??? fuhren zurück zum Schrottplatz. Peter stürzte augenblicklich in die Freiluftwerkstatt, um nach

einer Dose Lösungsmittel zu suchen, die er mal zum Verdünnen von Lack gebraucht hatte, während Bob und Justus in die Zentrale gingen. Ihr Anrufbeantworter blinkte. Der Erste Detektiv spielte die Nachricht ab.

»Von wegen niemand zu Hause!«, fauchte eine klirrende, wütende Stimme.

»Das könnte euch so passen! Glaubt ihr, ihr könnt euch vor mir verstecken? Ich wusste gleich, als ich dich sah, Justus Jonas, dass es ein Fehler war, euch zu beauftragen. Und ich habe Recht behalten! Kinder! Pah!« Es knackte. Die Nachricht war zu Ende.

Chaos

Bob und Justus sahen einander entgeistert an. »Was war denn das?«, fragte Bob.

»Das war Mr Carter. Und er ist stinksauer. Ich frage mich nur, warum!«

»Warum wohl!«, rief Peter von draußen. Er hatte durch das geöffnete Fenster die Nachricht mitbekommen. »Er hat rausgefunden, dass wir in seinem Keller waren!«

»Kann er gar nicht«, behauptete Justus. »Wir haben doch alles so verlassen, wie wir es vorgefunden hatten!«

»Abgesehen von dem Kästchen.«

»Das werden wir jetzt gleich mal klären«, sagte Justus entschlossen und wühlte in den Papierbergen auf dem Schreibtisch nach Mr Carters Telefonnummer. Er war wütend. »Ich ruf ihn sofort an. Er kann mich ja meinetwegen anschreien, aber dann soll er mir bitte schön auch sagen, warum.« Justus fand den Zettel, hob den Hörer ab und begann zu wählen. Bob schaltete den Verstärker ein. Dieses Gespräch wollte er auf gar keinen Fall verpassen!

»Ja!«, bellte Mr Carter am anderen Ende.

»Guten Tag, Mr Carter. Hier spricht Justus –«

»Dass du es wagst, hier noch mal anzurufen! Was fällt dir ein!«

»Bitte, Sir, nennen Sie mir den Grund für Ihre Erregung?«

»Den Grund? Willst du mich für dumm verkaufen? Ich habe

dir den Kellerschlüssel gegeben! Ich habe dir vertraut! Und das ist der Dank dafür!«

»Mr Carter, ich weiß überhaupt nicht, wovon Sie sprechen!«

»Wovon ich spreche? Rate doch mal! Ihr wart in meinen privaten Kellerräumen! Und ihr habt dort ein heilloses Chaos angerichtet! Davon spreche ich!«, schrie Carter.

»Chaos? Sir, ich verstehe nicht ganz. Sie haben Recht, wir waren in Ihren Kellerräumen. Aber –«

»Das ist ja wohl die Höhe!«

»Sie haben allen Grund, wütend zu sein«, versuchte Justus ihm den Wind aus den Segeln zu nehmen. »Wir haben uns nicht korrekt verhalten.«

»Das ist sehr wohlwollend formuliert!«

»Aber«, betonte Justus nachdrücklich, »wir haben dort kein Chaos angerichtet! Wir haben die Räume so verlassen, wie wir sie vorgefunden haben!«

»Das soll wohl ein Scherz sein! Willst du behaupten, ich hätte die Sachen einfach dort reingeworfen, die Kleidung überall verstreut, die Kisten ausgeräumt und offen gelassen?«

»Mr Carter«, sagte Justus ruhig. »Ich weiß nicht, was Sie getan haben. Ich kann Ihnen nur sagen, dass wir den Keller in relativ unordentlichem Zustand vorfanden, als wir ihn betraten. Wir haben das Chaos sicherlich nicht vergrößert.«

»Pah! Wer soll es denn sonst gewesen sein?«

Justus zupfte nachdenklich an seiner Unterlippe. »Das, Mr Carter, ist allerdings die Frage.«

Justus leuchtete den Kellerraum mit Taschenlampen ab. Sie hatten sich gleich nach dem Telefonat mit Mr Carter auf den

Weg zurück nach Salem gemacht, wenn auch unter Protesten von Peter, der sich einen freien Abend erhofft und wenig Lust verspürt hatte, schon wieder eine Stunde im Auto zu verbringen, um dann mit dem unangenehmen Mr Carter darüber zu diskutieren, wer seinen Keller verwüstet hatte.

»Wir waren das nicht«, versicherte Justus zum wiederholten Male. »Als wir den Raum betraten, sah er genauso aus wie jetzt. Ebenso der andere. Wir hatten uns ein wenig über den Zustand der Räumlichkeiten gewundert, uns aber nichts weiter dabei gedacht. Wann haben Sie denn zum letzten Mal den Keller betreten?«

»Ich gehe jeden Tag zum Strand. Aber die Kellerräume habe ich nicht mehr betreten, seit ich die Möbel dort verstaut habe.«

»Wann war das?«

»Direkt nach meiner Entlassung aus dem Krankenhaus. Vor einem Monat.«

»Das bedeutet also, dass in dieser Zeit praktisch jeder die Möglichkeit hatte, die Sachen zu durchwühlen.«

»Was soll das heißen – jeder? Niemand kommt hier so einfach rein.«

»Doch«, behauptete Justus. »Übers Meer ist das kein Problem. Und die Schlösser an den Türen – nun ja …« Er blickte verlegen zu Boden.

»Ihr habt sie geknackt!«, schrie Carter plötzlich in neu aufgeflammtem Zorn.

»Wie kommt ihr überhaupt dazu, meine Türen aufzubrechen! Ich sollte auf der Stelle die Polizei rufen!«

»Reden Sie keinen Unsinn!«, fauchte Justus zurück und Car-

ter verzog schmerzhaft das Gesicht. »Wir wollten Ihnen doch nur helfen!«
»Helfen nennt ihr das? Ich nenne es Einbruch!«
Justus sog langsam und tief die Luft ein und zwang sich zu innerer Gelassenheit. Dann sagte er so ruhig, aber auch so eindringlich wie möglich: »Mr Carter. Jetzt ist Schluss damit!«
»Wann Schluss ist, bestimme in meinem Haus immer noch –«
»Mr Carter!«, schrie Justus und der Hausherr zuckte zusammen. Mit großen Augen starrte er den Ersten Detektiv an. »Jetzt rede ich! Und Sie werden mir zuhören! Es reicht mir nämlich langsam! Vom ersten Augenblick an haben Sie mich behandelt wie einen Leibeigenen! Sie haben mich zu sich kommen lassen, anstatt selbst nach Rocky Beach zu fahren. Nur um mich dann beinahe sofort wieder wegzuschicken, weil ich rein äußerlich nicht dem entsprach, was Sie erwartet hatten. Sie haben ein dummes, albernes Spiel mit mir gespielt und uns bis jetzt eine Menge wichtiger Informationen vorenthalten. Das ist überaus kontraproduktiv für unsere Arbeit!«
Carter blickte ihn finster an. »Ich habe meine Gründe.«
»Wir kennen Ihre Gründe!«, behauptete Justus und fuhr etwas sanfter fort: »Wir kennen sie wirklich, Mr Carter. Wir wissen, in was für einer schwierigen Lage Sie sich befinden. Sie sind nach dem Unfall von Menschen bedrängt worden, die Ihnen etwas über eine Vergangenheit erzählten, von der Sie nichts mehr wussten. Vor vier Wochen kehrten Sie in Ihr Haus zurück und erkannten es kaum wieder. Sie haben Ihre Einrichtung im Keller versteckt. Nicht nur vor uns, sondern vor al-

lem vor sich selbst. Seitdem sind Sie verzweifelt auf der Suche nach Ihrer Vergangenheit. Gleichzeitig aber laufen Sie vor allem, was in dieser Vergangenheit geschehen sein könnte, davon.«

»Weil sie nicht wahr sein kann!«, begehrte Mr Carter auf.

»Warum nicht? Ist es so unwahrscheinlich, dass Sie nach dem Tod Ihres Vaters der Soo-An-Sekte beigetreten sind? Dass Sie Ihr altes Leben abschließen und ein neues beginnen wollten?«

Mr Carters ohnehin schon blasses Gesicht wurde noch blasser. »Woher …« Er verstummte.

»Detektivarbeit«, beantwortete Justus die unausgesprochene Frage. »Wir haben eins und eins zusammengezählt, Mr Carter. Und wir wissen, was in Ihnen vorgeht.«

Casper Carter senkte den Kopf. »Das könnt ihr nicht wissen«, flüsterte er verbittert. »Ihr habt beeindruckende Arbeit geleistet und innerhalb sehr kurzer Zeit sehr viel herausgefunden, das gebe ich zu. Aber ihr könnt nicht wissen, wie ich mich fühle. Niemand kann das. Meine alten Freunde nicht, die Ärzte nicht, die mir immer wieder sagten, ich solle einen Neuanfang wagen, Enid nicht, die jeden Tag auf mich einredet. Ich finde immer wieder Hinweise auf die neun Monate, die mir fehlen. Und es sind ausschließlich Hinweise, die nichts, aber auch gar nichts mit meinem früheren Leben zu tun haben. Diese Soo-An-Freaks, die an meinem Krankenbett auftauchten und mir erzählen wollten, sie seien meine Brüder und Schwestern! Das ist alles so absurd! Ich kann mir nicht erklären, wie ich jemals an einen solchen Punkt gekommen sein soll.« Er lachte bitter auf. »Das Einzige, was mir nach meiner Rückkehr gefiel, war das Terrarium mit der Schlange, die während meiner Krankenhauszeit jemand aus Salem gepflegt hatte. Die Schlange, das Symbol für Weisheit. Ich dachte, das sei vielleicht ein gutes Omen. Aber der Rest – ein einziger Alptraum! Und deshalb muss ich mich erinnern. Ich muss, versteht ihr?«

»Dann sollten Sie uns unterstützen, anstatt uns bei unseren Ermittlungen weiter Steine in den Weg zu legen. Wenn wir Ihnen bei Ihrem Problem helfen sollen, müssen Sie uns vertrauen, Mr Carter.«

Lange Zeit herrschte Schweigen. Mr Carter sah sie nicht an. Er ließ seinen Blick durch den Kellerraum schweifen. Die Taschenlampe wurde schwächer und nach und nach versank das Chaos um sie herum im Dunkeln. Schließlich nickte Carter langsam. »In Ordnung. Arbeiten wir zusammen.«

»Gern.«

Mr Carter seufzte schwer und machte eine Geste, die den gesamten Keller umfasste. »Warum durchwühlt jemand meine Sachen?«

»Weil er etwas gesucht hat«, antwortete Justus. »Und möglicherweise auch gefunden. Aber es gibt noch andere, mindestens ebenso wichtige Fragen: Wer hat das getan? Hat das etwas mit den Soo-An zu tun? Spielt der Skarabäus von Sinnuris dabei eine Rolle? Wer hat diese Drohung auf Peters Windschutzscheibe geschmiert?«

Mr Carter blickte ihn verwirrt an. »Skarabäus? Drohung? Langsam machst du mir Angst, Justus Jonas. Gibt es noch mehr, wovon ich keine Ahnung habe?«

»Sie wissen nichts von dem Skarabäus?«, wunderte sich Bob.

»Nein.«
»Sie haben sich die Sachen in Ihrem Haus nicht sehr genau angesehen, bevor Sie sie hier runterschleppen ließen, oder?«
Mr Carter schüttelte den Kopf. »Nicht alles, nein.«
Justus hob sein T-Shirt an und zog das silberne Kästchen hervor. »Wie steht es hiermit?«
»Ich weiß nicht. Möglich, dass es unter meinen Sachen war. Reingesehen habe ich jedenfalls nicht. Es ist so absurd! Früher hätte ich mir solchen Firlefanz niemals gekauft!« Plötzlich wurde Mr Carter misstrauisch und der alte, mürrische Gesichtsausdruck kehrte zurück. »Aber sag mal: Wie kommt dieses Kästchen unter dein T-Shirt, wenn es doch mir gehört?«
Der Erste Detektiv setzte ein entwaffnendes Lächeln auf. »Detektivarbeit. Ich denke, es wird Zeit, dass wir einander auf den neuesten Stand bringen, Mr Carter. Es gibt offenbar einiges, das Sie noch nicht wissen.«
»Das ich nicht mehr weiß«, korrigierte Carter.
»Und dann machen wir uns auf die Suche nach den sieben Toren. Ich weiß noch nicht, wie und warum, aber sie sind der Schlüssel zu allem! Wenn wir die Tore gefunden haben, haben wir das Geheimnis zu Ihrer Vergangenheit gelüftet!«
Mr Carter lächelte überheblich. »Meine Rede! Von Anfang an! Kommt, gehen wir nach oben. Das Licht ist gleich aus. Und ich möchte nicht weiter im Dunkeln tappen.«
Sie verließen den Raum und gingen den Gang hinunter zur Kellertreppe. Justus betrat gerade die unterste Stufe, als er plötzlich ein Geräusch hörte. Schritte! Vor ihm eilte jemand die Treppe hinauf! Einen Augenblick später knarrte die Tür und fiel ins Schloss.

Verschwindet!

»Da hat uns jemand belauscht!«, rief Justus und stürmte nach oben. Er riss die Tür auf. Die Eingangshalle lag dunkel und verlassen vor ihm. Er blickte sich gehetzt um, doch niemand war zu sehen. Und es herrschte Stille.

Hinter ihm drängten sich Bob, Peter und Mr Carter durch die Tür. »Was ist, Just?«, fragte Bob. »Hast du jemanden gesehen?«

»Nein.«

Wie auf Kommando verteilten sich die drei Detektive: Justus rannte auf das Eingangstor zu, Bob verschwand in einem Flur und Peter hechtete die Treppe hinauf. Er lief die Galerie entlang, rannte um die Ecke – und stieß mit Albert zusammen, der ihm gerade entgegenkam.

»Albert!«, rief Peter erschrocken. »Haben Sie jemanden gesehen?«

»Wie bitte?«

»War gerade jemand hier?«

»Miss Connally. Sie ist soeben –«

»Was macht ihr denn schon wieder hier?« Miss Connally trat hinter Peter aus einer Tür auf der Galerie. Sie warf ihm einen wütenden Blick zu, dann sah sie hinunter in die Eingangshalle und entdeckte Mr Carter. »Casper! Was hat das zu bedeuten? Ich dachte, die Jungen seien nach Hause gefahren!«

»Draußen ist niemand!«, rief Justus, der gerade wieder reinkam. »Oh, hallo, Miss Connally!«
»Mr Carter, Sie sollten dringend diesen schrecklichen Fußboden entfernen!«, empfahl Bob. »Wir hätten hören können, wohin der Unbekannte geflohen ist, wenn nicht –«
»Ruhe!«, rief Mr Carter, dass seine Stimme von den steinernen Wänden widerhallte. »Ich kann dieses Geschnatter nicht ertragen!«
Alle verstummten.
»Enid, tut mir Leid, aber ich muss jetzt mit den Burschen allein sprechen. Es ist besser, du fährst nach Hause. Ich rufe dich an. Albert, kochen Sie uns Tee und bringen Sie ihn in das Arbeitszimmer! Und dann sind auch Sie für den Rest des Tages entlassen. Und ihr, Jungs, begleitet mich!«
»Aber Casper …«
»Bitte, Enid!«, zischte Carter hart und ging mit eiligen Schritten die Treppe empor. Die drei ??? folgten ihm wortlos. Als sie an Enid vorübergingen, entging keinem der drei die verzweifelte Wut in ihrem Gesicht.

»Das bedeutet also, dass möglicherweise ich … für den Diebstahl des Skarabäus verantwortlich bin, ohne es zu wissen?«, fragte Mr Carter eine halbe Stunde später, nachdem die drei Detektive ihm in aller Ausführlichkeit berichtet hatten, was in dem Kästchen gewesen und was bei ihren Ermittlungen im Zeitungsarchiv herausgekommen war. Enid Connally und Albert hatten das Haus inzwischen verlassen und Mr Carter war ruhiger geworden. Draußen hatte die Dämmerung eingesetzt und ein Wind war aufgekommen, der um das Haus herumpfiff. Je düsterer es draußen wurde, desto besser schien es Mr Carter zu gehen. Den drei ??? hingegen drückte es aufs Gemüt. Doch niemand wagte es, das Licht einzuschalten.

»Es wäre eine Möglichkeit«, antwortete Justus. »Aber nur eine von vielen. Vielleicht hat diese ganze Skarabäus-Geschichte aber auch überhaupt nichts mit Ihnen zu tun. Ein sich in Ihrem Besitz befindender Zeitungsartikel ist schließlich noch lange kein Beweis für irgendwas.« Justus hielt inne. »Da fällt mir etwas ein!« Er zückte sein Handy aus der Tasche und schaltete es ein.

»Was machst du denn da, Justus?«, fragte Bob.

Der Erste Detektiv antwortete nicht. Er wählte eine Nummer, wartete, tippte eine weitere Nummer ein und wartete wieder.

»Kannst du uns verraten, wen du da anrufst?«, bat Peter.

Justus schaltete das Handy enttäuscht aus. »Hat sich erledigt. Wir sollten uns nun endlich wieder auf das konzentrieren, weswegen wir überhaupt hier sind.«

»Die sieben Tore«, sagte Carter.

»Genau.«

»Da war doch dieser Zeitungsausschnitt über den Architekten dieses Hauses«, erinnerte Peter. »Wäre das nicht ein Anknüpfungspunkt?«

Justus nickte. »Die Ausstellung im Bürgerhaus vor neun Monaten. Dort sollten wir uns erkundigen.«

»Was ist überhaupt ein Bürgerhaus?«, fragte Peter.

Mr Carter lachte. »Das Bürgerhaus ist eigentlich alles in einem: Rathaus, Einwohnermeldeamt, Stadtbibliothek, Versammlungsort und Ausstellungsraum. Salem ist so klein, dass ein öffentliches Gebäude für alles reicht.«

»Mann, da hat ja sogar Rocky Beach noch mehr zu bieten«, bemerkte der Zweite Detektiv. »Meinen Sie denn, dass wir dort noch Informationen über diesen Typ, wie hieß er doch gleich, Engström, finden werden? Immerhin ist die Ausstellung schon ein Dreivierteljahr her.«

»Ganz sicher finden wir etwas. Der Keller des Bürgerhauses ist eine Art Rumpelkammer für alles, was dort mal stattgefunden hat. Wo sonst sollten sie die Exponate aufbewahren?«

»Aber das Bürgerhaus hat am Samstagabend wahrscheinlich geschlossen«, vermutete Justus.

Carter nickte. »Das macht nichts. Wir kommen trotzdem rein.«

»Wie bitte?«

»Ich war mal im Stadtrat. Nun ja, genau genommen bin ich es immer noch. Ich musste einmal pro Woche zur Stadtratssitzung und zu so wichtigen Fragen, ob die Bibliothek donnerstags eine Stunde länger geöffnet haben soll oder nicht, meine Stimme abgeben.« Er lächelte. »Und wie jedes Stadtratsmitglied habe ich einen Schlüssel zum Bürgerhaus.«

Justus erwiderte das Lächeln. »Dann lassen Sie uns keine Zeit verlieren!«

»Nein! Nein!!! Das darf ja wohl nicht wahr sein! Seht euch diese Sauerei an! Ich fass es nicht! Das ist ja wohl das Allerletzte! Den mach ich fertig! Ich zeig ihn an! Wenn ich den zu fassen kriege, ich … aaaaaargh!«

»Meine Güte, beruhige dich, Peter!«, sagte Justus.

»Würdest du bitte nicht so laut herumschreien!«, rief Mr Carter.

Die drei ??? und Casper Carter hatten das Haus verlassen und waren durch die Dunkelheit und den immer stärker werdenden Wind den Hügel hinunter zur Straße gegangen. Zur Straße, an der Peters Wagen geparkt war. Der Wagen, auf dessen frisch gesäuberter Windschutzscheibe in dicken, schwarz glänzenden Lettern das Wort »Verschwindet!« stand.

»Das war dieser Albert! Wie konnten Sie diesen widerwärtigen Typ nur als Butler einstellen?«

»Sachte, Peter. Es ist doch nichts passiert!«

»Nichts passiert? Du hast gut reden! Ist ja nicht dein Auto, Just!«

»Halb so wild, der Wagen fährt ja noch«, beruhigte Bob den Zweiten Detektiv. Leise vor sich hin fluchend öffnete Peter die Wagentüren und ließ Mr Carter, Bob und Justus einsteigen. Sie fuhren eine Meile die schmale, holperige Straße hinunter und passierten das Ortseingangsschild von Salem. Keine Menschenseele war mehr auf den Straßen. Hier und da brannte noch Licht in den Fenstern, doch es schien, als würden die meisten Bewohner Salems mit dem Sonnenuntergang zu Bett gehen. Es war fast wie in einer Geisterstadt. Peter fand das Bürgerhaus, ohne sich den Weg erklären lassen zu müssen. Es gab ohnehin nur ein halbes Dutzend Straßen und einen zentralen Platz. Dort stand das Gebäude. Es hatte vage Ähnlichkeit mit Carters Haus: Kleine, märchenhafte Zinnen schmückten die Fassade und die Eingangstür war ungewöhnlich groß. Auch sie wurde von einem großen Wasserspeier bewacht.

»Man merkt, dass das Bürgerhaus vom gleichen Architekten entworfen wurde«, meinte Bob.
»Mal sehen, was Mr Engström noch zu bieten hatte«, sagte Carter und schloss die Tür auf. Drinnen war es dunkel. »Wir machen besser kein Licht, sonst ruft noch jemand die Polizei.«
Justus grinste. »Sie lieben die Dunkelheit über alles, nicht wahr?«
»Ganz recht.«
Mehr oder weniger ohne etwas zu sehen folgten die drei ??? Mr Carter zu einer Tür, die in den Keller führte. Carter betätigte einen Lichtschalter und eine matte Energiesparlampe flammte auf und tauchte den Keller in kaltes Licht. Peter sah sich um – und blickte direkt in das Furcht erregende Grinsen eines Totenschädels. Erschrocken zuckte er zusammen. Erst dann sah er, dass der Schädel zu einem Plastikskelett gehörte, wie er es aus dem Bioraum in der Schule kannte. Direkt daneben starrte ihn ein zerfledderter ausgestopfter Uhu an. Er sah ein bisschen aus wie Mr Carter, fand Peter, nur nicht so dünn.
Der Keller war ein einziger großer Raum und er war vollgestellt mit den unterschiedlichsten Exponaten: ausgestopfte Tiere, alte Schreibmaschinen, Kartenständer, Globen, Kästen mit aufgespießten Insekten, Modelle berühmter Gebäude und nicht zuletzt überall Glasvitrinen, in denen alte Bücher und Urkunden aufbewahrt wurden.
»Sieht ja aus wie in einem Kuriositätenkabinett«, bemerkte Bob, nachdem er sich einen Moment lang fasziniert umgesehen hatte.

»Unser Bürgermeister sammelt dieses Zeug. Alle paar Monate macht er eine Ausstellung zu einem Thema, von dem er meint, dass es die Allgemeinheit interessieren könnte. Die Allgemeinheit kommt auch jedes Mal zur Eröffnung. Aber nicht, um etwas zu lernen, sondern weil es ein Glas Sekt gibt und die Bürgermeistergattin Schnittchen macht.« Carter lachte in sich hinein.

»Ich glaube, ich habe gefunden, was wir suchen!«, sagte Justus und wies auf ein maßstabsgetreues Modell des Bürgerhauses, das auf einem Tisch neben einer Vitrine stand. Daneben lag ein dickes Buch. In der Vitrine befanden sich zusammengerollte Baupläne, Notizbücher und Fotos. Der Schrank war beschriftet mit »Sven-Engström-Ausstellung«. »In den Büchern müssten wir auch etwas über Ihr Haus finden, Mr Carter.«

Die Vitrine war nicht abgeschlossen. Justus nahm das erstbeste Buch heraus und blätterte es durch. Mr Carter und Peter taten es ihm gleich, während Bob den Band, der neben dem Modell lag, inspizierte.

»Ich fasse es nicht!«, rief der dritte Detektiv nach einer Weile.

»Was ist denn?«

»Dieses Buch hier! Wenn ich das richtig verstehe, handelt es sich um eine Art Leihliste. Wenn man sich die Exponate der Ausstellung näher ansehen wollte, beispielsweise die Bücher und die alten Baupläne, dann konnte man sie ausleihen und musste sich dafür in dieses Buch eintragen.«

Mr Carter nickte. »Die Ordnungsliebe unseres Herrn Bürgermeisters. Vollkommen überflüssig, das Ganze. Es hat sowieso nie jemand was leihen wollen. Außer den Lehrern an

Salems Schule natürlich. Und das waren sowieso immer dieselben.«

Bob schüttelte den Kopf. »Falsch, Mr Carter. Vor neun Monaten hat sich jemand Sven Engströms Notiz- und Skizzenbücher ausgeliehen. Es war kein Lehrer. Es waren Sie!«

Die Kunst des Architekten

Mr Carter riss Bob das Buch aus der Hand und starrte auf die aufgeschlagene Seite. »Tatsächlich! Da steht mein Name! Und das ist meine Unterschrift!« Langsam ließ er das Buch sinken und blickte zur Vitrine hinüber. Dann schüttelte er den Kopf. »Es ist hoffnungslos. Ich erinnere mich nicht einmal, diese Bücher je gesehen zu haben! Geschweige denn entliehen.«
»Aber Sie haben es getan«, sagte Justus aufgeregt. »Und Sie müssen einen Grund dafür gehabt haben! Das ist kein Zufall! Los, Kollegen! Durchforsten wir die Bücher! Sie haben damals etwas gesucht, Mr Carter. Etwas, das Sven Engström vor hundert Jahren aufgeschrieben hat. Wäre doch gelacht, wenn wir das nicht wiederfänden.«
Mit Feuereifer stürzten sich die drei Detektive auf den Inhalt der Glasvitrine. In den Büchern fanden sich viele Skizzen: Grundrisse von Gebäuden und Zimmern, die mit Zahlen und Symbolen versehen waren, aber auch immer wieder kleine Zeichnungen, zum Beispiel von den Steinfiguren, die Carters Haus verzierten. Justus erinnerte sich daran, dass Engström nicht nur Architekt, sondern auch Maler gewesen war. Doch das war nun nebensächlich. Sie suchten Aufzeichnungen zu Mr Carters Haus. Und sie fanden welche.
»Hier!«, rief Bob und hielt eines der Bücher hoch. »Das sieht doch aus wie eine Skizze Ihres Hauses.«
Carter betrachtete das Bild. »Ja. Es scheint ein erster Entwurf

zu sein. Einige Dinge sind in der Realität anders. Aber es ist mein Haus, da besteht kein Zweifel.«

Bob blätterte durch die folgenden Seiten. »Hier stehen jede Menge Notizen und Berechnungen. Statik und so. Welche Baumaterialien verwendet werden könnten.« Plötzlich hielt Bob die Luft an. »Hier steht was! Die sieben Tore!« Augenblicklich war er von seinen Freunden und Mr Carter umlagert.

Aufgeregt wies Bob auf eine winzige Notiz, die in eine Ecke unter eine Baugerüstskizze gekritzelt worden war.

»›Ob jemals jemand das Rätsel von den sieben Toren lösen wird?‹«, las Justus vor. Schnell blätterte er um. Doch auf der nächsten Seite standen nur unverständliche Berechnungen. »Was, ist das alles? Dieser eine Satz?«

»Da muss noch mehr sein!«, war Bob überzeugt. Die drei ??? vertieften sich in das Buch. Doch über die sieben Tore war nicht ein einziger weiterer Satz zu finden.

»Das gibt es doch nicht!«, fluchte Peter nach zwanzig Minuten. »Was soll denn das? Wieso hat er nicht mehr dazu geschrieben?«

»Hat er halt nicht«, seufzte Justus und klappte das Buch frustriert zu. »Geben die übrigen Bücher etwas her?«

»Fehlanzeige. Da geht es um andere Gebäude und Projekte«, sagte Mr Carter, der bereits einen Blick hineingeworfen hatte.

»Da muss etwas sein!«, meinte Peter.

»Da ist aber nichts!«, versicherte Carter.

»So ein Mist«, knurrte Justus. »Ich war mir so sicher, dass Sven Engströms Aufzeichnungen uns weiterhelfen würden! Und was finden wir? Einen einzigen, mickrigen Satz, der uns nicht weiterhilft.«

»Und was machen wir jetzt?«, fragte Peter, hockte sich auf einen Tisch und blätterte lustlos in einem von Engströms Skizzenbüchern.

Justus zupfte an seiner Unterlippe und schwieg.

»Sag bloß, du hast keine Idee mehr.«

»Wenn uns die Unterlagen des Architekten nicht weiterbringen, weiß ich nicht, wo wir sonst suchen sollten. Die sieben Tore ... dass wir aber auch gar keinen weiteren Hinweis haben! Das macht mich völlig verrückt!«

Niemand sagte etwas. Alle überlegten, ob sie vielleicht etwas übersehen hatten. Doch da war nichts.

»Wir haben die Sache von der falschen Seite angefangen«, sagte Justus schließlich. »Die sieben Tore ohne den geringsten weiteren Hinweis finden zu wollen, war eine schwachsinnige Idee. Vielmehr hätten wir unser Augenmerk darauf richten sollen, wer diesen Brief überhaupt geschrieben hat. Wer dafür in Frage kommt. Und warum. Wir –«

»Das gibt's nicht!«, keuchte Peter plötzlich. Er starrte auf das Skizzenbuch, das er in der Händen hielt. »Kollegen! Das glaubt ihr nicht! Das glaubt ihr nie im Leben!«

»Was denn, Peter?«

Der Zweite Detektiv kicherte nervös. Schließlich fing er laut an zu lachen.

»Wir sind so dämlich! So superdämlich!«

»Sag schon, Peter!«, forderte Justus verärgert. »Was ist los?«

»So bescheuert! Wir waren die ganze Zeit auf dem falschen Dampfer!« Bob stöhnte. »Würdest du uns bitte aufklären?«

Wieder lachte Peter. »Ihr sucht die sieben Tore? Das war ein Fehler! Ihr hättet die sieben Toren suchen sollen!« Er hielt seinen Freunden das geöffnete Buch unter die Nase. »Bitte schön!«

Die aufgeschlagene Doppelseite zeigte Bleistiftskizzen von bizarren Kreaturen: Vorlagen für die Steinfiguren, die Carters Haus bevölkerten. Doch es waren nicht die dämonischen Fratzen, die über fast jeder Tür des Gebäudes hockten und auf die Menschen hinabsahen. Es waren nicht die Kobolde mit Fledermausflügeln oder die unheimlichen Wesen, halb Mensch, halb Tier, die gierig die Zähne fletschten. Es waren lustige, ausgelassene Gestalten. Sie streckten dem Betrachter die Zunge raus, machten Faxen, tanzten umher und grinsten breit. Sieben Stück an der Zahl. Unter den Illustrationen stand in altmodischer Schrift: »Die sieben Toren«.

»Ich glaub's nicht!«, rief Justus.

»Siehst du, hab ich doch gesagt!«, lachte Peter.

»Die sieben Toren! Toren! Nicht Tore! Keine Türen, Pforten oder Durchgänge –«

»Sondern Toren im Sinne von der Tor!«, beendete Bob den Satz begeistert.

»Narr! Verrückter! Tölpel!«

»Idiot! Tollpatsch! Stoffel!«, rief Justus.

»Einfaltspinsel! Faxenmacher! Freak!«, machte Bob weiter.

»Trottel! Dummkopf! Hirni!«

»Clown! Bekloppter! Simpel!«

»Seid ihr bald fertig?«, fragte Peter.

»Wie konnte mir das nur entgehen!«, rief Justus. »Toren! Darauf hätte ich aber auch selbst kommen können! Hieß es im Brief nicht auch, das Versteck werde von den sieben Toren bewacht? Das war doch ganz eindeutig! Tore können nichts bewachen, höchstens etwas verbergen. Toren hingegen schon!«

»Gräm dich nicht, Justus«, beruhigte Carter ihn. »Ich bin schließlich auch nicht darauf gekommen. Und außerdem haben wir die sieben Toren jetzt gefunden! Und ich kenne die Gesellen! Ich kenne sie alle! Der hier«, er tippte auf die Illustration einer wild lachenden Figur mit weit ausgebreiteten Armen, die über die Schulter hinweg nach hinten blickte, »der hockt über dem Eingangstor!

Und der da über der Tür zur Kellertreppe. Das sind wirklich die Entwürfe für die Figuren in meinem Haus!«

Peter blätterte zurück. »Hier sind noch viel mehr. Seht mal: Die neun Engel. Die zwölf Dämonen. Die fünf Götter.«

»Die sieben Toren sind nur ein Teil eines großen künstlerischen Gesamtkonzepts, das der Gestaltung des Hauses zugrunde liegt«, stellte Justus fest. »Die Figuren sind nicht völlig willkürlich entworfen worden, sondern es scheint eine Art Mythologie zu geben, die dahintersteckt. Wahrscheinlich eine, die Engström sich selbst ausgedacht hat.«

Beim Blättern stieß Peter auf eine Skizze, die sich von den anderen unterschied.

»Warte mal!«, rief Justus. »Das kommt mir doch bekannt vor!«

»Allerdings«, sagte Mr Carter. »Das ist eine Studie für das Wandgemälde im Salon. Der Dämonenreigen, der um das Tor mit der Schlange herumtanzt.«

»Nicht nur Dämonen«, korrigierte Justus ihn. »Sehen Sie genau hin! In dem Wirbel finden Sie die sieben Toren wieder! Da ist der Kerl mit den ausgebreiteten Armen, der hier führt einen Veitstanz auf, der streckt die Zunge raus. In dem Wandbild hat Engström noch einmal alle Figuren, die in Stein gemeißelt wurden, auftauchen lassen.«
Peter zuckte mit den Schultern. »Und? Was hat das zu bedeuten?«
»Keine Ahnung«, sagte Justus und klappte das Buch zu. »Aber auf jeden Fall haben wir jetzt eine Spur! Das Versteck, das von den sieben Toren bewacht wird – den sieben Toren aus Stein! Wir müssen zurück zum Haus. Ich bin sicher, dass wir auf erstaunliche Dinge stoßen werden, wenn wir die Steinfiguren unter die Lupe nehmen. Das Buch hier nehmen wir mit. Wollen Sie sich in die Leihliste eintragen, Mr Carter?«
Carter grinste, zückte einen Kugelschreiber und schrieb hinter seinen Namen von damals ein Wort: verlängert.

Es herrschte eine angespannte Stille im Wagen, als sie zurück zum Haus fuhren. Peter jagte schneller, als gut war, über die Straße, doch er merkte es gar nicht. Alle hatten die wildesten Fantasien über das, was sie gleich entdecken mochten.
Es war Mr Carter, der das Schweigen schließlich brach: »Ich glaube nicht, dass ich damals in Engströms Aufzeichnungen gezielt etwas gesucht habe. Vermutlich nahm ich die Ausstellung nur zum Anlass, mehr über den Erbauer meines Hauses zu erfahren. Ich sah seine Bücher und lieh sie mir aus. Das war wahrscheinlich alles.«

»Möglich«, gab Justus zu. »Vielleicht wussten Sie aber auch schon damals mehr. Ich hoffe, das finden wir heraus, sobald wir das Versteck entdeckt haben.«
Sie erreichten das Anwesen, sprangen aus dem Wagen und eilten den Hügel hinauf. Schließlich standen sie gemeinsam vor dem großen, schwarzen Eingangstor und blickten nach oben: Hoch über ihnen hockte die bizarre, grinsende Gestalt mit ausgebreiteten Armen und blickte über die Schulter hinweg nach hinten.
»Der Tor über dem Tor«, sagte Peter. »Und jetzt? Ich würde mal sagen, das Vieh ist entschieden zu hoch oben, um es mal kurz zu untersuchen. Und bevor einer von euch auf dumme Gedanken kommt, sage ich euch gleich: Ich klettere da nicht hoch!«
»Haben Sie eine Leiter, Mr Carter?«, fragte Justus.
»Drüben im Gartenhaus. Aber ich weiß nicht, ob sie lang genug ist.«
»Das werden wir gleich sehen. Komm, Peter, hilf mir!« Zu zweit liefen sie zum Schuppen hinüber. Die Tür war nur angelehnt. Drinnen war es fast stockdunkel. Im ersten Moment sahen sie nur Schatten. Große, kreuz und quer herumliegende Gegenstände.
»Mann, was für ein Chaos«, bemerkte Peter. »Hatte Mr Montgomery heute Morgen nicht gesagt, dass er aufräumen wollte?«
»In der Tat«, antwortete Justus nachdenklich. »Das hat er. Genauso wie er zuvor den Rasen hatte mähen wollen.«
»Aber da drüben ist auch schon die Leiter! Hervorragend! Jetzt können die sieben Toren was erleben!«

Gemeinsam schleppten sie die lange Holzleiter nach draußen und stellten sie neben das Tor an die Wand. »Die reicht nicht«, stellte Peter fest. »Da fehlen noch bestimmt eineinhalb Meter. Und ich betone noch mal: Ich klettere da nicht hoch.«

»Schon gut, schon gut, verlangt ja auch keiner«, sagte Bob. »Die Frage ist: Was machen wir jetzt?«

»Wir sehen uns die anderen Toren an«, beschloss Mr Carter und öffnete die Haustür.

Der zweite Tor, ein dickbäuchiger Gnom, der über der Kellertür saß, sich wie ein Affe den Kopf kratzte und schräg nach oben blickte, grinste im Licht der schwachen Glühlampe spitzbübisch, als wüsste er, was die drei ??? vorhatten. Justus stellte die Leiter an die Wand und kletterte hinauf.

Aus der Nähe sah der Tor noch absurder aus. Auf seinem Kopf lag Staub. Das hundert Jahre alte Gestein war leicht verwittert.

»Und?«, fragte Peter neugierig.

»Ich weiß nicht«, sagte Justus ratlos und blickte dem Gnom in die Ohren.

»Hier ist nichts.« Er klopfte den Stein ab, doch er klang genauso, wie Stein klingen sollte. Die Figur ließ sich nicht bewegen, es gab keinen versteckten Mechanismus und auch sonst nichts, was auf ein Geheimfach oder etwas Ähnliches hindeutete.

»Lass mich mal!«, drängelte Peter und rüttelte sanft an der Leiter. Justus ließ dem Zweiten Detektiv den Vortritt. Danach versuchten es noch Bob und Mr Carter. Doch keiner fand etwas, das ihnen weiterhalf.

»Nur nicht aufgeben«, versuchte Justus seine Kollegen aufzumuntern.

»Versuchen wir es mit dem nächsten Tor!«
Dieser befand sich über einer Tür im oberen Stockwerk. Er streckte den drei Detektiven die Zunge raus, sah sie jedoch nicht an, sondern blickte nach rechts. Sie untersuchten die Steinfigur. Nichts.
Nach einer halben Stunde hatten sie sämtliche sieben Toren gefunden und von allen Seiten unter die Lupe genommen. Sie hatten auf ihnen herumgeklopft, an ihnen gezogen und geschoben, sogar versucht, ihnen die Augen einzudrücken – alles ohne Erfolg.
Da war nichts, absolut nichts. Die drei ??? waren ratlos.

Augen aus Stein

Peter lehnte sich enttäuscht an die kalte Steinwand im großen Salon, wo der letzte Tor über einem der Fenster tanzte, und rutschte daran hinab, bis er auf dem Fußboden saß. »Das gibt es doch nicht! Wir haben die sieben Toren doch gefunden! Wieso ist denn da nichts?«

Justus seufzte. »Weil wir das Rätsel noch nicht gelöst haben.«

»Welches Rätsel? Ich dachte, das sei das Rätsel gewesen.«

Der Erste Detektiv schüttelte den Kopf. »Es muss da noch mehr geben.«

»Und was, bitte schön?«

Justus antwortete nicht. Er ging hinüber zum Wandbild, betrachtete es eingehend und zupfte an seiner Unterlippe. Das Gemälde war hundert Jahre alt. Sven Engström, der Architekt dieses Hauses, hatte es nach Beendigung der Bauarbeiten eigenhändig auf die Wand gebracht. Ein Tor. Eine Schlange. Ein Zug dämonischer Gestalten, der um das Tor herumwirbelte. Sie waren alle da: Die neun Engel, die zwölf Dämonen, die fünf Götter und die sieben Toren. Alle Steinfiguren fanden sich auf diesem Bild wieder.

Was taten sie? Sie umkreisten das Tor. Warum? Und was bedeutete die Schlange?

Justus blendete die anderen Geschöpfe aus und konzentrierte sich ausschließlich auf die sieben Toren.

Und dann sah er, was er vorher nicht gesehen hatte. Plötzlich erkannte er die Zusammenhänge: Toren, Schlange, Tor. Und er flüsterte fast unhörbar: »Ich hab's!«
Peter wandte sich zu ihm um. »Hast du was gesagt, Just?«
»Ich hab's!«, rief der Erste Detektiv ohrenbetäubend laut.
»Schhht!«, zischte Mr Carter und hielt sich die Ohren zu. »Justus Jonas! Du weißt genau, dass ich lautes Geschrei nicht ertragen kann!«
»Verzeihung, Mr Carter. Ich konnte nicht anders. Ich habe das Rätsel gelöst!«
»Nun erzähl schon, Just!«, forderte Peter ungeduldig.
»Kommt her!«
Eilig scharten sich die drei um den Ersten Detektiv, der auf das Wandbild wies.
»Was seht ihr?«
»Kommt jetzt wieder Justus' lustige Rätselstunde?«, maulte Peter. »Ich sehe ein Tor, eine Schlange und jede Menge verrückter Viecher.«
»Was tun sie?«
»Sie fliegen um das Tor herum.«
»Warum?«
»Was weiß ich, warum. Ich habe sie nicht gefragt.«
»Wonach sieht es denn aus?«
»Sie wollen durch das Tor fliegen«, fiel es Bob ein. »Meinst du das?«
»Genau. Aber das geht nicht so einfach. Die Schlange ist im Weg. Vielleicht ist die Schlange auch ihr Werkzeug. Auf jeden Fall ist die Schlange der Schlüssel. Sie ist die Wächterin, die Hüterin des Tores, wie auch immer.«

Peter kratzte sich am Kopf. »Toll. Und jetzt? Glaubst du etwa, das Versteck ist in Mr Carters Terrarium?«

»Ich kann mich dafür verbürgen, dass es das nicht ist«, sagte Mr Carter. »Das gab es vor hundert Jahren in diesem Haus nämlich noch nicht.«

»Da gebe ich Ihnen Recht. Das Terrarium ist es also nicht. Aber fest steht: Wenn wir das Versteck, das von den sieben Toren bewacht wird, finden wollen, müssen wir zuerst die Schlange finden.«

Peter blickte den Ersten Detektiv an, als wäre dieser völlig verrückt geworden.

»Wir müssen zuerst die Schlange finden. Das ist ja toll, Just. Ganz große Klasse. Kannst du uns mal verraten, wovon du überhaupt redest? Was für eine Schlange? Und wo sollen wir sie finden? Im Zoo oder was?«

»In diesem Haus«, entgegnete Justus.

»Und wo, wenn ich fragen darf?«

»Sieh noch einmal hin, Peter. Was siehst du?«

»Jetzt hör schon auf mit den Spielchen, Just, ich habe dir schon gesagt, was ich sehe. Die Frage ist: Was siehst du?«

»Ich sehe sieben Toren, die mit weit aufgerissenen Augen eine Schlange anstarren, während die Engel, Dämonen und Götter irgendwo anders hinsehen.«

Bob runzelte die Stirn. »Du hast Recht, Just! Die Toren fixieren die Schlange, als wollten sie sie hypnotisieren.«

»Man könnte auch sagen, die Schlange befindet sich im Fadenkreuz der Toren.« Justus lächelte sein überlegenstes Lächeln. »Habt ihr euch eigentlich schon mal gefragt, warum die Steinfigur über der Eingangstür nicht geradeaus guckt, wie solche Figuren das normalerweise zu tun pflegen, sondern über die Schulter hinweg nach hinten? Oder warum der Gnom über der Kellertür nach oben sieht anstatt auf den Betrachter hinunter?«

Für einen sehr langen Moment sprach niemand ein Wort. Jeder versuchte als Erster darauf zu kommen, worauf Justus hinauswollte. Einer blickte zum anderen. Peter war ratlos. Bob hatte das Gefühl, ganz nahe dran zu sein. Es war Mr Carters Gesicht, das sich als Erstes aufhellte.

»Die Blicke!«

»Die Blicke?«

»Die Blicke! Die Toren sehen alle zur Schlange, nicht wahr? Nicht nur auf diesem Bild. Auch die Steinfiguren haben ihre Augen auf die Schlange gerichtet.«

»Exakt, Mr Carter!«, rief Justus erfreut. »Ehrlich gesagt wundert es mich nicht, dass Sie darauf kommen. Ich denke, Sie haben dieses Rätsel schon einmal gelöst. Damals, als Sie sich in Sven Engströms Notizbücher vertieften und den Hinweis mit den sieben Toren zum ersten Mal entdeckten.«

»Moment mal«, sagte Peter und hob entschuldigend die Hand. »Bin ich mal wieder der Einzige, der es nicht gecheckt hat? Die Toren sehen zur Schlange? Hä?«

»Kommt, Kollegen! Ich erkläre es euch! Seht ihr den siebten Tor dort über dem Fenster?«

Bob und Peter nickten.

»Er blickte seitlich nach oben. Stellt euch den Grundriss des Hauses vor und merkt euch, wohin die Figur sieht. Und jetzt kommt mit!«

Justus eilte aus dem Salon. Seine Freunde hatten Mühe, ihm

zu folgen, so viel Energie hatte der Erste Detektiv plötzlich. Er führte sie in die Eingangshalle zum Gnom über der Kellertür. »Der guckt ebenfalls nach oben«, erklärte er. »Allerdings in die andere Richtung.«

»Aha«, sagte Peter. »Und?«

Nun übernahm Mr Carter: »Die Figur draußen über dem Eingangstor –« Er lächelte. »Sozusagen der Eingangstor. Er sieht über die Schulter nach hinten. Auf das Haus hinunter. Und der Narr im oberen Flur sieht leicht nach rechts unten. Versteht ihr? Sie blicken alle auf ein und denselben Punkt!«

»Wenn man ihre Blicke als Linien in der Luft sichtbar machen könnte, würden sie sich alle an der gleichen Stelle kreuzen!«, rief Bob.

Jetzt hatte es auch der Zweite Detektiv verstanden. »Sagt das doch gleich! Und was ist an diesem Punkt?«

»Die Schlange. Das Symbol der Weisheit. Die Antwort auf unsere Fragen. Das Versteck.« Justus stellte sich unter den Tor und folgte seinem Blick auf die Galerie. »Da oben!«

Die drei ??? und Mr Carter liefen die Treppe hinauf. Es dauerte eine Weile, bis sie rekonstruiert hatten, wo genau sich der Schnittpunkt befand.

»Hier muss es sein«, sagte Justus und deutete auf den Boden genau unter seinen Füßen. Den Boden, der mit einem dicken, roten Teppich bedeckt war.

»Die Figuren blicken alle exakt auf diesen Punkt im Fußboden.«

»Dann mal ran!«, rief Bob voller Tatendrang. »Wir rollen den Teppich auf!« In Windeseile hatte sie den roten Läufer zu einer dicken Wurst zusammengerollt und beiseitegeschoben. Darunter befand sich nackter Steinboden aus großen, unregelmäßigen Platten. Es dauerte eine Weile, bis sie etwas entdeckten.

»Da!«, rief Peter und deutete auf eine Reihe von Fliesen, die kaum sichtbar heller waren als alle anderen und das grobe Muster durchbrachen. Sie bildeten einen gewellten, etwa fünf Meter langen Streifen aus Stein. »Die Schlange!« Sofort warfen sich die drei Detektive auf den Boden und untersuchten das Schlangenmuster. Sie klopften jede einzelne Bodenfliese ab.

Bis sich eine davon unter Peters Pochen eindeutig hohl anhörte.

»Wir haben es!« Peter konnte sich vor Aufregung kaum halten. »Wir haben das Versteck gefunden!« Der Zweite Detektiv krallte seine Finger in die Fugen zwischen den Steinfliesen. »Seht doch, die Platte löst sich!« Er wollte die Abdeckung gerade hochheben, doch plötzlich hielt er inne. Er stand auf, trat beiseite und räusperte sich. »Mr Carter, wir haben das Versteck der sieben Toren gefunden.« Er lächelte. »Aber öffnen müssen Sie es schon selbst.« Casper Carter blickte langsam von einem zum anderen. Er hüstelte. »Was immer sich unter dieser Steinfliese befindet – ihr habt schon jetzt meine ehrliche und aufrichtige Dankbarkeit.« Dann kniete er sich hin und öffnete das Versteck.

Darunter war ein Hohlraum. Und darin lag ein eckiger Gegenstand. Carter zog ihn heraus. Es war ein Buch. Ein sehr altes Buch.

Peter platzte vor Neugier. »Nun sehen Sie schon rein!«

Casper Carter holte einmal tief Luft und schlug den Deckel auf. Er las die erste Seite: »Sven Engströms Tagebuch.« Augenblicklich klappte er das Buch wieder zu. Irritiert blickte er zu den drei Detektiven hoch. »Sven Engströms Tagebuch?«
Justus war näher an ihn herangetreten. Er warf einen Blick in das offene Versteck. Seine Augen begannen zu leuchten. »Da ist noch etwas in dem Hohlraum, Mr Carter!«
Der Hausherr beugte sich ein zweites Mal über die Öffnung. Dann zog er etwas heraus, das an einer langen goldenen Kette hing. Ein kunstvoll in Gold eingefasster, fein geschliffener Smaragd in Käferform.
»Der Skarabäus von Sinnuris!«, rief Justus.

Identitäten

»Wahnsinn!«

»Aber …«, stammelte Bob. »Aber das bedeutet ja, dass Sie …«

»Dass ich ihn gestohlen habe«, sagte Mr Carter tonlos und erhob sich langsam. Unschlüssig hielt er das grün glitzernde Schmuckstück mit den Beinen und Fühlern aus Gold in der Hand und blickte es an. Doch er schien es gar nicht wahrzunehmen.

Niemand sprach ein Wort. Alle sahen einander betroffen an.

»Das bedeutet es nicht zwangsläufig, Sir«, sagte Justus nach einer Weile. »Es gibt noch andere Möglichkeiten, wie der Skarabäus in das Versteck gekommen sein könnte. Eine Menge Möglichkeiten sogar, wenn ich es mir recht überlege. Es könnte zum Beispiel –«

»Das spielt keine Rolle«, unterbrach Carter ihn und starrte weiter auf den Smaragd in seiner Hand. »Ob ich den Skarabäus gestohlen habe oder nicht, was ich mit den Soo-An zu tun hatte oder nicht, wie der Skarabäus in dieses Versteck gekommen ist – das alles ist überhaupt nicht wichtig. Wichtig war nur, dass ich mich erinnere. Aber das tue ich nicht. Der Skarabäus ist mir so fremd wie alles andere. Ich habe ihn nie zuvor gesehen. Und wenn, dann weiß ich nichts mehr davon.« Carters Gesicht verdüsterte sich. »Derjenige, der mir den Brief geschickt hat, versprach mir, dass ich im Versteck,

das von den sieben Toren bewacht wird, meine Vergangenheit finden würde. Das war eine Lüge. Ich habe ein Schmuckstück gefunden, das mir nicht gehört und das mir nichts sagt. Das also trotz seines Wertes für mich absolut wertlos ist.« Seine gekrümmten Finger schlossen sich so fest um den Skarabäus, dass die Knöchel weiß hervortraten.
»Jemand hat Sie benutzt«, sagte Justus. »Jemand wusste, dass der Skarabäus in diesem Haus versteckt ist und dass nur Sie das Versteck aufspüren können. Also musste er dafür sorgen, dass Sie alles daransetzen, um es zu finden. Das tat er, indem er Ihnen Ihre Erinnerung versprach. Und ich werde jetzt herausfinden, wer hinter all dem steckt.«
Bob und Peter sahen den Ersten Detektiv verdutzt an. »Aber wie willst du das denn machen, Just?«
Justus holte sein Handy aus der Tasche, schaltete es ein und wählte eine Nummer.
»Wen rufst du an?«
»Uns. Den Anschluss in der Zentrale. Ich kann den Anrufbeantworter per Fernabfrage bedienen. Ich hatte es vorhin schon mal probiert, doch da war noch keine Nachricht eingegangen.«
»Und wer soll da draufgesprochen haben?«, fragte Peter.
»Inspektor Cotta. Ich hoffe, er hat inzwischen herausgefunden, wer damals verdächtigt wurde, den Skarabäus gestohlen zu haben.« Justus gab die Zahlenkombination ein, mit der er den Anrufbeantworter steuern konnte, und wartete.
»Sie haben eine neue Nachricht«, verkündete die Computerstimme. Es piepte.
»Cotta hier. Der Praktikant hat die Info ausgebuddelt. Das

war das letzte Mal, dass ich euch geholfen habe! Ich hoffe, dass es euch wenigstens weiterhilft. Das heißt … wenn ich es mir recht überlege, hoffe ich das eigentlich doch nicht. Also, der Name des Mannes, der damals von der Polizei verhört wurde, ist Daniel Montgomery.«
Die Nachricht war zu Ende. Justus schaltete das Handy aus.
»Was ist, Just?«, fragte Peter. »Was hat Cotta gesagt? War es überhaupt Cotta?« Der Erste Detektiv nickte. »Er war es.«
»Und?«
»Es war Montgomery. Der Gärtner.«
»Wie bitte?«
Nun blickte auch Carter von seiner geballten Faust auf.
»Montgomery?«
»Ganz recht. Und das ist garantiert kein Zufall.«
»Moment mal!«, sagte Peter. »Langsam verstehe ich gar nichts mehr. Wieso denn Montgomery? Was hat der denn damit zu tun?«
Justus dachte nach. Dazu bearbeitete er wie gewohnt seine Unterlippe und begann, auf der Galerie hin- und herzulaufen. »Ich liege möglicherweise falsch, aber ich bastle mir die Geschichte wie folgt zusammen: Sie, Mr Carter, gerieten nach dem Tod Ihres Vaters irgendwie an die Soo-An.
Beziehungsweise die Soo-An gerieten an Sie, denn wie bekannt ist, schätzt die Sekte wohlhabende Mitglieder. Bei den Soo-An lernten Sie Daniel Montgomery kennen. Der hatte schon seit längerer Zeit den Plan, den Skarabäus von Sinnuris zu stehlen, doch bisher fehlte ihm das nötige Kleingeld, denn so einen Einbruch ins Museum – wenn er denn funktionieren soll – macht man ja nicht einfach so. Das muss sorgfältig ge-

plant werden, man braucht eine spezielle Ausrüstung und die ist teuer. Sie hatten Geld. Und Montgomery überzeugte Sie, mitzumachen.«

»Und wozu wollte er den Skarabäus haben?«, unterbrach Mr Carter den Vortrag.

»Vermutlich, um ihn Ihrem Anführer Oman Shankar als Geschenk zu überreichen, damit in seiner Gunst zu steigen und der ewigen Glückseligkeit ein Stück näher zu kommen. Vergessen Sie nicht, der Skarabäus wird bei den Soo-An als Heiligtum verehrt! Jedenfalls gelang der Raubzug, doch die Polizei war Ihnen auf den Fersen. Mr Montgomery wurde verhaftet und Sie versteckten den Skarabäus. Aber man konnte Montgomery nichts nachweisen, also wurde er nach einer Woche wieder freigelassen.« Justus machte eine Pause. »Tja. Aber hier wird es schwierig. Die weiteren Zusammenhänge sind mir noch nicht ganz klar. Es endete jedenfalls damit, dass Montgomery den Stein zurückhaben wollte. Doch Sie hatten Ihren Unfall und lagen im Krankenhaus. Und als Sie wieder auf den Beinen waren, konnten Sie sich an nichts mehr erinnern. Montgomery witterte seine Chance, den Stein für sich allein zu bekommen, und ließ sich von Ihnen als Gärtner einstellen. So oder so ähnlich muss es gewesen sein.«

»Bravo, Justus!«, ertönte eine Stimme von unten. Die drei ??? und Mr Carter zuckten zusammen und drehten sich um. In der Eingangshalle stand Daniel Montgomery. In der rechten Hand hielt er eine Pistole. Sie war auf Mr Carter gerichtet. »Sehr beeindruckend!«

»Mr Montgomery!«, rief Carter empört. »Was fällt Ihnen ein!«

»Casper, Casper«, sagte Montgomery kopfschüttelnd und kam langsam die Treppe hoch, ohne jedoch die vier aus den Augen zu lassen oder die Waffe zu senken. Er trug immer noch seinen Gärtner-Overall. In diesem Aufzug wirkte die Pistole wie ein übler Scherz. »Du kannst dich wirklich und wahrhaftig nicht an mich erinnern. Es ist immer wieder faszinierend. Als ich von unseren Soo-An-Brüdern erfuhr, dass sie dich im Krankenhaus besucht hatten und du sie nicht erkannt und weggeschickt hast, habe ich noch geglaubt, du bluffst. Aber es ist wirklich wahr. Du weißt nichts mehr von dem, was passiert ist.«

»Wie sind Sie hier hereingekommen?«, zischte Carter.

»Er hat einen Schlüssel«, antwortete Justus düster. »Sie hatten einen Zweitschlüssel im Gartenhaus deponiert, Mr Carter.«

»Ach, tatsächlich? Das hatte ich ganz –«

»Vergessen?«, unterbrach Mr Montgomery ihn und lachte leise. Inzwischen war er auf der Galerie angekommen. »Wie so vieles, Casper, wie so vieles. Unser sorgsam ausgeheckter Plan, ins Armand-Hammer-Museum einzubrechen, wie die Polizei uns fast erwischt hätte und du mir versprachst, den Skarabäus an einen absolut sicheren Ort zu bringen, wo die Polizei ihn selbst bei einer Hausdurchsuchung niemals finden würde – alles aus deinem Gedächtnis gelöscht. Faszinierend! Als ich dich damals fragte, wo dieses Versteck sei, hast du nur gegrinst und geantwortet: ›In meinem Haus in einem Versteck, das von den sieben Toren bewacht wird, Daniel.‹ Mehr wolltest du nicht verraten.«

»Dann waren Sie es, der Mr Carter vor zehn Tagen den Brief geschickt hat, nicht wahr?«

»Ganz recht, Justus.« Der falsche Gärtner stand nun direkt vor ihnen und richtete die Waffe abwechselnd auf die drei Detektive und Mr Carter. »Ich hatte Casper damals nicht im Krankenhaus besucht, da ich befürchtete, noch immer von der Polizei observiert zu werden. Ich wollte nicht, dass eine Verbindung zwischen uns hergestellt wird. Und so konnte ich mich um die Stelle als Gärtner bewerben, denn Casper wusste ja nicht mehr, wer ich bin.«

»Sie wollten ungehindert Zutritt zum Grundstück haben, um den Skarabäus zu suchen«, vermutete Justus.

»Aber ständig schlich dieser furchtbare Albert im Haus herum«, sagte Mr Montgomery und verzog das Gesicht. »Und Casper selbst ging auch nie aus dem Haus. Es war schwierig, sich ungestört im Haus umzusehen, trotz des Schlüssels.«

»Also beschlossen Sie, der Sache etwas nachzuhelfen«, sagte nun Bob. »Sie wussten, dass Mr Carter keine Ahnung mehr von dem Diebstahl hatte. Keinerlei Erinnerung daran, dass er selbst einen wertvollen Skarabäus in seinem Haus versteckt hatte. Alles, was Sie wussten, war, dass sich der Anhänger in einem von sieben Toren bewachten Versteck befindet. Und dann schrieben Sie den Brief, in der Hoffnung, Carter würde Sie zu diesem Versteck führen. Mit dem Versprechen, er würde seine Erinnerung wiedererlangen, konnten Sie ihn perfekt ködern.«

»So ist es. Aber es hat nicht funktioniert. Casper hat gesucht und gesucht, aber nichts gefunden. Aber dann belauschte ich ein Telefonat mit dir, Justus.«

»Belauscht?«, fragte Peter. »Wie denn das? Vom Garten aus?«

Justus ahnte die Antwort: »Nein, Peter. Vom Keller. Im Gar-

tenhaus liegt eine Strickleiter. Ich habe sie gestern gesehen, als wir uns das erste Mal begegneten, Mr Montgomery. Ich vermute, Sie benutzten die Leiter, um bei Ebbe die Klippe hinunterzuklettern und durch den Eingang am Strand den Keller zu betreten. Von dort aus belauschten Sie, so oft Sie konnten, was im Haus vor sich ging.« Mr Montgomery warf Justus einen anerkennenden Blick zu. »Nicht schlecht, Justus! Wirklich nicht schlecht! Genauso war es. Die Treppe hinter der Kellertür ist ein ausgezeichneter Horchposten. Ich bekam mit, dass Casper euch engagieren wollte, und witterte die Möglichkeit, dass das Versteck doch noch gefunden wird.«
»Daher haben Sie mir auch so bereitwillig alle Informationen gegeben, die Sie über Mr Carter hatten«, vermutete Justus.
»Richtig, Justus. Ich dachte, je mehr du weißt, desto schneller findest du das Versteck. Was ja auch gestimmt hat. Du bist wirklich ein sehr genauer Beobachter. Umso erstaunlicher, dass dir vor einer Stunde entgangen ist, dass ich in der Gartenlaube war, als ihr die Leiter holtet.«
»Wie bitte?«
Montgomery lachte. »Ich wohne seit meiner Anstellung als Gärtner in der Laube. Das hat nie jemand mitbekommen, da das Häuschen außer mir kein Mensch betritt.«
»Die Matratze auf dem Boden!«, erinnerte sich Justus.
»Mein bescheidener Schlafplatz, genau. Ich wollte nichts verpassen. Auf dieser Matratze lag ich, als ihr reinkamt, aber weil es so dunkel war, habt ihr mich nicht gesehen. Peter sagte: ›Jetzt können die sieben Toren was erleben.‹ Deshalb bin ich doch überhaupt hier. Sonst hätte ich ja keine Ahnung gehabt, dass ihr kurz davor wart, das Versteck zu finden. Es ging also

die ganze Zeit um Toren, nicht um Tore. Deshalb hat niemand das Versteck gefunden. Ich war genauso auf dem Holzweg wie ihr. Aber die Suche ist ja nun vorbei. Her mit dem Skarabäus!« Montgomery streckte fordernd die Hand aus.

Erinnerung

Mr Carter hatte dem gesamten Gespräch mit ausdruckslosem Gesicht beigewohnt. Es war fast, als hörte er gar nicht richtig zu. Doch nun verfinsterte sich sein Blick. »Werden Sie glücklich mit Ihrem esoterischen Spielzeug! Mir bedeutet es nichts.«

»Das war mal anders«, sagte Montgomery bedauernd.

Doch Casper verzog nur verächtlich den Mund. »Nicht dass ich mich erinnern könnte.«

Peter bemerkte plötzlich eine Bewegung aus den Augenwinkeln. Die drei ??? und Mr Carter standen in einer Gruppe neben dem offenen Versteck im Boden. Mr Montgomery hatte sich ihnen gegenüber auf dem roten Teppich aufgebaut, um sie alle gut im Blick zu haben. Doch hinter Mr Montgomery … Da war etwas gewesen. Peter zwang sich, nicht hinzusehen. Montgomery hätte den Blick sofort bemerkt und sich umgedreht. »Eine Frage habe ich noch«, sagte der Zweite Detektiv schnell, um Montgomery noch einen Moment vom Skarabäus abzulenken. »Haben Sie die Kellerräume nach dem Skarabäus durchsucht und dieses Chaos dort unten angerichtet?«

»Chaos?« Montgomery schüttelte den Kopf. »Nein, ich war nicht in den Kellern. Mir fehlten die Schlüssel. Und ich war sicher, dass es sich nicht lohnen würde, die Tür aufzubrechen, denn Casper hatte mir damals versichert, dass der Skarabäus todsicher versteckt sei. Unter einem todsicheren Versteck verstehe ich etwas anderes als einen Keller. Aber nun genug mit dem Gerede. Gib mir den Skarabäus, Casper. Und dann leb wohl. Ich hoffe, du findest, was du suchst.«

Mr Carter drückte seinem Ex-Gärtner das grün funkelnde Schmuckstück in die Hand und knurrte leise: »Ich hoffe, Sie ersticken daran!«

Urplötzlich bewegte sich der Teppich unter Montgomerys Füßen. Montgomery keuchte und machte einen Ausfallschritt nach vorn, um sich abzufangen. Doch er stolperte über eine Falte im Teppich und stürzte!

Peter, der als Einziger bemerkt hatte, was vor sich ging, war im Bruchteil einer Sekunde neben ihm und trat ihm die Waffe aus der Hand. Sie rutschte über den Steinboden durch das Geländer und fiel hinunter in die Eingangshalle, wo sie scheppernd aufschlug. »Auf ihn!«, schrie der Zweite Detektiv.

Justus und Bob brauchten nur einen Augenblick, um zu begreifen, was geschehen war, dann stürzten sie sich auf den Täter, hielten ihn fest und wanden ihm den Skarabäus aus der Hand. Montgomery wehrte sich aus Leibeskräften, aber Peters Griff war eisern. »Wer … wer war das?«, presste Montgomery hervor.

»Ich«, ertönte eine dunkle Stimme vom anderen Ende der Galerie.

»Albert!«, rief Justus erstaunt.

»Ja. Wer denn sonst«, knurrte der Butler.

»Wie kommen Sie denn hierher?«, fragte Mr Carter.

»Ich war die ganze Zeit hier«, antwortete Albert ungehalten. »Ich ahnte doch, dass heute noch etwas passieren würde. Nachdem Sie mich wegschickten, war mir klar, dass der Skarabäus bald wieder auftauchen würde.«

»Der Skarabäus?«, fragte Justus verblüfft. »Sie wissen von dem Skarabäus?«

»Natürlich weiß ich davon, du Schlauberger. Schließlich habe ich mich von Mr Carter als Butler einstellen lassen, um nach dem Schmuck zu suchen. Genau wie Mr Montgomery.«

»S… Sie auch?«, stotterte Peter. Sofort bereute er es, die Pistole in unerreichbare Ferne gekickt zu haben.

»Das ist ja wohl die Höhe!«, ereiferte sich Mr Carter, plötzlich wieder ganz der Alte. »Gibt es irgendwen in diesem Haus, der mich nicht hintergangen hat?«

»Gehören Sie auch zu dieser … Sekte?«, fragte Peter.

»Sekte!«, sagte Albert verächtlich. »Blödsinn!« Er griff in die Innentasche seines Jacketts. Peter war sicher, dass er eine Waffe ziehen würde. Doch dann holte er nur einen Ausweis hervor. »Ich arbeite als Ermittler für die Henrikson Insurance Company.«

»Die Versicherungsgesellschaft, die den Skarabäus versichert hat!«, rief Justus.

»In einer Woche läuft Ihre Frist ab! Wenn der Anhänger bis dahin nicht wieder aufgetaucht wäre, hätte die Gesellschaft eine halbe Million Dollar zahlen müssen!«

»Exakt. Aber jetzt ist er ja wieder aufgetaucht.«

»Dann waren Sie es also, der die Keller durchsucht hat«, vermutete Justus.

»So ist es. Gleich am ersten Tag meiner Einstellung. Schließlich war es als Butler kein Problem, an die Schlüssel zu gelangen.«

Justus schüttelte den Kopf. »Aber wie sind Sie denn überhaupt dahintergekommen, dass Mr Carter mit dem Diebstahl zu tun hat?«
Albert lächelte überheblich. »Detektivarbeit.«
»Und Sie wussten, dass wir das Versteck genauso suchen wie Sie«, fuhr Justus fort. »Deshalb sind Sie auch ständig hinter uns hergeschlichen. Wahrscheinlich waren Sie es auch, der uns heute auf der Kellertreppe belauscht und dann nach oben geflüchtet ist.«
Albert antwortete nicht, sondern bedachte ihn nur mit einem tödlichen Blick.
»Ich kann es nicht glauben, dass ich zwei Betrüger eingestellt habe!«, meldete sich nun wieder Mr Carter zu Wort.
»Wer hier der Betrüger ist, wird die Polizei sicher bald erfahren wollen!«, bellte Albert zurück. »Sie werden jedenfalls so schnell keinen Butler mehr haben, Mr Carter! Im Gefängnis gibt es kein Dienstpersonal. Ich werde jetzt die Polizei rufen. Und dann werde ich den Skarabäus dem Armand-Hammer-Museum zurückgeben und nie wieder einen Fuß in dieses schreckliche Haus setzen! Dunkelheit! Totenstille! Ein völlig Verrückter als Chef. Und zur Krönung auch noch Kinder« – er spie das Wort förmlich aus – »als Detektive! Ich hatte noch nie einen schlimmeren Auftrag!«
Justus schüttelte verächtlich den Kopf. »Und die Welt hatte noch nie einen schlimmeren Butler als Sie, Albert! Dürfte ich das mit der Polizei übernehmen?« Er wartete die Antwort nicht ab, sondern holte sein Handy raus und wählte Cottas Nummer. Ein Grinsen schlich sich auf sein Gesicht. Ihm war gerade eingefallen, wie er den Inspektor begrüßen würde.

»Cotta hier.«
Justus holte Luft und rief: »Kommen Sie schnell!«

Zwei Tage später saßen die drei ??? gemeinsam in der Zentrale. Die Aufregung hatte sich etwas gelegt. Inspektor Cotta hatte Mr Montgomery und Mr Carter vorläufig festgenommen. Der Skarabäus war ins Armand-Hammer-Museum zurückgekehrt. Und Tante Mathilda hatte Justus wie angekündigt eine Predigt gehalten, doch auch das hatte der Erste Detektiv überlebt. Nun wartete er auf einen Anruf von Cotta, der angekündigt hatte, dass er für den Fall Skarabäus noch ihre Aussage zu Protokoll nehmen wollte.
Das Telefon klingelte. Justus schaltete den Verstärker ein und nahm ab. »Justus Jonas von den drei Detektiven?«
»Justus, hier spricht Casper Carter.«
»Mr Carter! Wie geht es Ihnen?«
Mr Carters sonst so unheilschwangere Stimme war wie ausgewechselt.
»Hervorragend!«, sagte er erfreut. »Ich habe zwar endlose Polizeiverhöre hinter mir, aber die lieben Beamten wissen wohl nicht recht, was sie mit mir machen sollen. Niemandem ist klar, ob jemand, der sich nicht daran erinnern kann, jemals ein Verbrechen begangen zu haben, überhaupt schuldfähig ist. Aber das wird der Richter bei der Verhandlung klären. Ich glaube nicht, dass ich ungeschoren davonkommen werde. Aber das ist mir egal. Mr Montgomery wird es jedenfalls schlimmer treffen. Ich hoffe, ich muss nicht mit ihm in einer Zelle sitzen. Hör mal, Justus Jonas, ist dein Freund Peter in der Nähe?«

»Zur Stelle!«, rief der Zweite Detektiv und nahm Justus den Hörer aus der Hand.

»Peter, ich konnte endlich das Rätsel um die geheimnisvollen Nachrichten auf deiner Windschutzscheibe lüften, nachdem sowohl Mr Montgomery als auch dieser widerwärtige Albert beteuert hatten, dass sie nichts damit zu tun haben.«

»Tatsächlich? Ich bin gespannt!«

»Es war Enid. Sie … nun, wie soll ich sagen … Sie wollte von Anfang an nicht, dass ich überhaupt mit euch in Kontakt trete. Sie hatte schon während der Zeit im Krankenhaus Angst davor, dass ich mein Gedächtnis wiedererlangen könnte. Sie hat die Besuche dieser furchtbaren Soo-An-Leute ja mitbekommen und befürchtete, ich würde mich in einen völlig anderen Menschen verwandeln, wenn ich meine Erinnerung zurückbekomme. Nun, wahrscheinlich hatte sie damit sogar Recht. Sie hat also versucht, euch zu vertreiben. Aber nachdem ihr euch bei eurem kurzen Gespräch überhaupt nicht von ihr beeindrucken ließt, ist sie euch mit dem Wagen nach Los Angeles gefolgt und hat deine Windschutzscheibe beschmiert. Und dann noch mal das Gleiche am Abend, nachdem ich sie weggeschickt hatte. Inzwischen tut ihr das alles wahnsinnig Leid. Es war eine Verzweiflungstat. Sie bittet dich vielmals um Entschuldigung.«

»Schon vergessen«, versicherte Peter.

Nun nahm Justus den Hörer wieder entgegen. »Mr Carter, darf ich Sie was fragen? Sie klingen so … nun ja, wie soll ich sagen … so ungewohnt fröhlich! Versetzt Sie die Tatsache, dass Sie bald vor Gericht müssen, so sehr in gute Laune?«

Carter lachte. »Nein, Justus, das gerade nicht. Aber es ist etwas anderes passiert. Etwas Wunderbares. Du erinnerst dich an das Buch, das wir in dem Versteck im Fußboden fanden?«

»Das Tagebuch von Sven Engström? Ja, ich erinnere mich.«

»Nun, ich habe es gelesen. Es ist viel mehr als nur ein Tagebuch. Engström beschreibt sein Leben, seine Liebe zur Architektur, zur Kunst – und zu Rätseln. Er erzählt von seinem Plan, dieses Haus zu bauen und das Tagebuch in einem Geheimfach zu verstecken. Er hatte die Hoffnung, dass irgendwer es in der Zukunft finden und als eine Art Chronik des Hauses und seiner Bewohner weiterführen würde. Ich blätterte weiter – und plötzlich traf mich fast der Schlag! In der zweiten Hälfte des Buches fand ich plötzlich meine eigene Handschrift wieder!«

»Ihre Handschrift?«, fragte Justus. »Wie meinen Sie das?«

»Das Buch war nur zur Hälfte von Engström beschrieben worden. Und danach – von mir. Damals, als ich das Versteck das erste Mal fand, entdeckte ich das Tagebuch und beschloss, Engströms Wunsch nachzukommen und es weiterzuführen. Es steht alles drin: vom Tod meines Vaters, von meiner ersten Begegnung mit den Soo-An, von meiner Freundschaft mit Montgomery und unserem Plan, den Skarabäus zu stehlen. Bis hin zu dem Tag, an dem ich den Skarabäus mitsamt dem Tagebuch wieder in dem Versteck deponierte, da ich Angst hatte, die Polizei könnte das Buch finden, es lesen und mir somit auf die Schliche kommen. Verstehst du, was das für mich bedeutet, Justus?«

Der Erste Detektiv blickte seine Freunde ein wenig ratlos an. »Ich bin nicht ganz sicher, Sir.«

»Es sind meine Erinnerungen, die dort niedergeschrieben

wurden – und zwar von mir selbst! Ich kann mich zwar immer noch nicht an die neun Monate erinnern. Aber es gibt nun endlich jemanden, dessen Erzählungen ich absolut vertrauen kann. Mich selbst! Ich kann nachlesen, was ich in diesen neun Monaten geschrieben habe. Und das war eine Menge – fast hundert Seiten aus meiner Vergangenheit! Das ist der größte Schatz, den ich finden konnte!«

»Das freut mich für Sie, Mr Carter.«

»Mich auch, Justus. Mich auch. Ich glaube, jetzt kann ich endlich wieder anfangen zu leben. Und das habe ich euch zu verdanken. Vielen Dank, Justus Jonas!«

Nachdem der Erste Detektiv aufgelegt hatte, lehnte er sich entspannt zurück und sah zu seinen Freunden hinüber. »Und so findet doch noch alles ein gutes Ende«, seufzte er.

»Du sagst es«, stimmte Bob zu. »Mr Carter kann endlich einen Neuanfang wagen. Und Mr Montgomery wandert in den Knast.«

»Der Skarabäus ist wieder da, wo er hingehört«, meinte Justus.

»Enid Connally zeigt Reue«, sagte Peter grimmig.

»Albert wird niemandem mehr als Butler den letzten Nerv rauben.«

»Und Tante Mathilda ist ihren Ärger losgeworden«, fügte Justus hinzu. »Aber das Allerwichtigste ist natürlich –«

»Dass ich endlich wieder surfen gehen kann«, unterbrach Peter ihn. »Stimmt, Just, das sehe ich ganz genauso.«

Justus schüttelte grinsend den Kopf. »Ich wollte eigentlich auf etwas anderes hinaus: Das Wichtigste ist, dass die drei ??? ein weiteres Rätsel gelöst haben!«

Eine tödliche Spur

Die Polizei von Rocky Beach ist ratlos.
Seit Monaten führt sie ein Kunstdieb namens Captain Skull an der Nase herum. Er stiehlt aus Museen und Privatsammlungen und hinterlässt dort ein Rätsel, dessen Lösung zu dem gestohlenen Objekt weist. Inspektor Cotta bittet die drei ??? um Hilfe, doch selbst Justus hat Schwierigkeiten, die Rätsel zu lösen. Die Situation droht zu eskalieren, als Captain Skull zu einem gefährlichen Wettkampf auffordert. Und diesmal geht es um Leben und Tod.

Marco Sonnleitner
Die drei ???: GPS-Gangster
144 Seiten
Taschenbuch
ISBN 978-3-551-31423-9

www.carlsen.de

CARLSEN